ほとけの心は妻ごころ

田辺聖子

角川文庫
22252

目次

ほとけの心は妻ごころ

私の夫は、自分の思うようにコトがはこばないと、たいへん機嫌のわるい男である。

むろん、店の売上げとか（私の家は、大阪郊外の駅前商店街で文房具店をやっている）使っている少年と少女の勤務ぶりなんかについてもそうである。

しかし、それは夫の思い通りにならぬことが多い。

私鉄の駅が大きくなり、奥に団地ができ、乗降客が多くなって商店街が活気づいたので、町の人はみんな喜んだのだけれど（ウチも売上げが上った）いいことは長くつづかず、やがて駅の南側に、大きなスーパーマーケットができた。

それも、五階建ての、デパートみたいな店である。

私鉄の駅からは、さらにそこを基点にする支線がのびており、その沿線も、どんどん住宅街に変貌（へんぼう）しつつある。

その客を見込んで、ある消費組合も、デパートをたてるという。

それやこれやで、駅前商店街も影響をうけずにはいられない。

これは、いかに商売熱心な夫がジタバタしてもしかたがない。

また、使っている男の子のケンちゃんと、中学出たての少女ミヨちゃんは、交互によくやすむ。ケンちゃんは定時制の高校へいっているから、夜は五時にはしまわせるのに、何かというと休む。

ミヨちゃんは駅前のスナック「シャンゼリゼー」へ勤めを変りたがって、浮き足立っている。「シャンゼリゼー」に勤めるクラスメートの女の子が、引きぬきにくるのである。

ミヨちゃんに出られたら、今ごろ、文房具店などへ勤めに来てくれる子など、いない。

夫は、チリトリを足の先で蹴って、ものぐさな掃除をしているミヨちゃんに、

「ごくろはん、ごくろはん」

などと猫なで声をかけたりしている。

ミヨちゃんは掃除をするとき、下に置いてあるものは必ず足で蹴ってどかせるのだ。重いものは仕方ないが、商品の箱、靴、そんなものは、ツッカケの先でチョイチョイ、と動かして、そして掃く。

雑巾も、濡らして拭くのはいやがるから、ダスキンだ。

商品に毛バタキをかけるのもほんのおていさい、そうして、夫がいくらいっても、一日中、ツケマツゲの按配ばかりしている。

夫は、ミヨちゃんに、遠慮がちに化粧が濃すぎるというのだ。

しかしミヨちゃんは知らぬふりで、毎朝、ビックリダヌキのように眼のまわりに隈を入れ、ツケマツゲをし、まっ青なアイシャドーを塗って、まるで子宮後屈かなんぞの、婦人病でもわずらったような顔にしたてて店にくるのだ。

ノート一冊、消しゴム一個、半紙一帖などという客の多い店に、ビックリダヌキなぞ、いらざる化粧である。ミヨちゃんは、素顔の方がいかにも少女らしくてツルツルと美しいのだが、なぜか本人は、化粧した方が美しいと信じている。

この近辺、私立の学校が多く、客はわりに多い。まとまった注文があったりして、配達の仕事もあるので、ケンちゃんと夫は出あるいたりするから、どうしても、店番の女の子が要るのだ。

私も店番をするが、家事もあるので、いつも表へ顔を出していられない。レジをあずかっているだけで、せい一ぱいである。

それで夫はミヨちゃんにやめられてはいけないと、さまざまな機嫌をとるわけだ。

そのあいまに、スナック「シャンゼリゼー」のワルクチをいって聞かす。

「あんなとこに居ってみい、いつか堕落してしまう。夜の二時まで店にタムロして、めし食うたり酒飲んだり、いうこととして、女の子の身もちがようなると思うか。客いうたらシンナー吸いやパチンコ打ちばっかし、や。おお怖い怖い」

するとミヨちゃんはブーとふくれて、

「給料がちがう、給料が」

といい、実に可愛げない。うちの給料だって安い方ではないと思うけれど、水商売と同じにはならない。

客に対する態度も、いくら教えても木で鼻くくる応対ぶり、文房具店というのは種類

が煩雑なので、

「××ありませんか……」

と客がくると、ミヨちゃんは必ず、

「ありません」

とハンコで押したようにいう。

マメな客だと、そういわれても自分でさがしまわり、

「お、これ、これ、これでええねん」

と類似のものをみつけてくれるが、たいていは、未練らしくまわりを見まわし、

「もう入りませんかァ」

「入りません」

ミヨちゃんの返事は、いつもこの程度で、気がついた限り、私は店へ飛び出して、これでは間に合いませんか、などと相手をしなければいけない。

そんなこんなで、商売に関する限り、夫の思い通りにならぬことが多く、夫はイライラしているのである。

だからそのぶん、思う通りになる家の中のことに関しては、暴君である。

つまり、私は、これがいいたかったのだ。

夫は私には全く、亭主関白である。

家の外で思う通りにならない埋め合わせを家の内でつけようとする如く、威張るので

ある。

風呂(ふろ)の湯加減、三度三度の食事のオカズ、その温度から調理時間、夫のいうままでないと、ぷりぷりふくれる。

ふくれたって、どうということはないが、あとを引くからうるさいのだ。

私と夫は結婚して十二年になる。

夫は四十歳で、私は三十六である。どちらも初婚であったが、夫は結婚する前に、すでに子連れであった。

まだ独身のころに、バーのホステスと仲良くなった。そうして、出来た子供を押しつけられたのだそうである。

その息子は中学三年になる。

私には、子ができなかった。

息子は、乳呑(ちの)み子のころから、夫の母が育ててきたので、夫と私の籍には入っているけれど、息子はおばあちゃん子である。あんまり私たちのところには来ない。

といっても、家からものの百メートルもはなれないところに夫の実家があり、古い二階建ての家に、姑(しゅうとめ)と息子、出戻りの夫の姉と、未婚で会社員の義弟が住んでいる。

店の裏の自宅は狭いせいもあって、私たち夫婦しか住んでいない。

尤(もっと)も、姑たちの生活費は、みな私たちが出している。義弟は食費を出すらしいが、姑にわたすので、姑はそれを自分の小遣いの一部として受けとっているらしい。

私たちは二つ世帯だから、出費がわりにかさむわけである。

姑と息子は、しかたがない。

しかし出戻りの義姉は、働くでもなく、店を手伝うでもなく、姑と終日ムダ話をしてくらしている。

義弟は、三十になろうというのに結婚の気配もなく、酒を飲むのがたのしみという男、この二人を家においとくのは、私には、無駄な気がするのだけれど。

夫もそう思うらしい。

早く出ていって独立しろ、といいたいらしい。

しかし、面と向うと、いかに身内でも、夫は言いにくいらしい。思う通りにならない。へんに気のよわい所もあるのだ。

そうして、そのぶん、まわりまわって、私に当ってくる。

つまり、私はこれも、いいたかったのだ。

商売のことや店のことで夫は思い通りにならなかったり、腹が立ってむしゃくしゃすると、私に当ってくる。

肉親のことで、見ていてイライラする。たとえば義姉と姑が、町内の有馬（ありま）温泉ヘルスセンター一泊旅行などに加わり、のんびりと出かけたりすると、

「結構な身分や」

というら立つが、かげでいうだけで、面と向ってはいわない。（姑も義姉も、生活力は

ないくせに派手ずき、そして勝気である）そのイライラが内攻して爆発して、私にあたるのである。

義弟は酒も好きだが、写真をとるのが好きで高価なカメラを惜しげもなく買い、たのしそうにいじりつつ、

「まあ結婚したらこんなもんも買われへん、それ思たら阿呆らしいて、結婚もできませんわ。当分、ここに居らしてもらお。ここに居ったら、安うつくからな」

と腰をすえているのだ。

「でもせっかくのいいカメラで何をうつすんですか、同じことなら、愛妻やいとし子をうつしたらどうやのん。他人の顔や、変哲もない景色を撮ったって仕方ないでしょ」

と私は、すこし皮肉をまじえて、義弟にいってやった。

「いや、そんなもんよろし、それは女子供のする仕事、いうたら何ですが、芸術写真をとるんですからなあ、僕のは素人と違う」

と義弟ははっはっはと笑い、この分では、一生、姑たちとワンセットになっているつもりらしい。

そういうとき、夫は何もいわない。無言でいる。

家長として、毅然としていってほしい時に、毅然としていわない。

毅然とするのは私の前だけである。

結婚したてのころは、私も、あんまり偉そうにいわれるもんだから、

「何よッ！」

と言い返していた。

そうして夫に、

「何よッとは何だ！」

と横っつらを撲られたこともあるのだ。

しかし何年も経つと、夫の威張りかたは赤ちゃんの甘え泣きと同じで、私の前でしか、威張らない、とわかったのだ。これは考えるに、夫の全生活を見られる、自家営業だからではあるまいか。

サラリーマンの奥さんは、いったん夫が会社へ出てしまうと、会社で何をしているかわからない。どんなに下げたくない頭を下げ、笑いたくないときに笑い、腹立ちをぐっと抑え、泣きっつらをお愛想笑いにごまかしているか、わからないわけである。

だからサラリーマン諸氏が、仕事場の鬱を払わんと、ささやかな金で飲んで帰る、そこしか見ていないから、

「何よ、パパっていつもいつも飲んだくれて、けっこうなご身分ね！」

などということになる。

いや、なるのではあるまいか、と思うのだ。私はサラリーマンの妻になったことはないから。

しかし、自家営業だと、夫の苦労をつぶさに見るわけだ。この節の使いにくい、若い

子の機嫌をとり、商品の仕入れにあたまをなやまし、売上げに心を使い、新しい商品も勉強せねばならず、家族に気を使い……そうすると、結局、

「あれをしろ！」

「これをせえ！」

「湯がぬるい！」

「酒はまだか！」

とどなれるのは、私しか、いないのだ。

それがわかった。

私はそれで、結局別れずに、いままでいるのかも知れない。私がいなくなれば、どなる相手がいないだろうことがよくわかっているから夫を捨てるのも哀れである。

こういうのは何というのだろうか。

毎月いっぺん、私のうちへお経をあげにくる坊さんは、

「そら、ホトケゴコロいうもんだす。菩薩(ぼさつ)の心、カンノンさんのココロだすな。いや、結構でおます」

とニタニタ笑った。

私は何も身の上相談をしたわけではない。坊さんは舅(しゅうと)の祥月命日にやってくるのであるが、折も折、夫が私あいてに、掃除の仕様がわるいとどなりちらしている最中だったのだ。坊さんの方が気の毒そうな顔をしたので、私は、あれは夫の癖で、私の前でしか、

ああいう声は出せない人なのだから、つまりいうならカンシャク玉か、土器投げの遊びのようなものと、カゲで笑って辛抱してます、といったのだ。

「つまりいうたら、ご主人は、えらい奥さんに愛されてはるわけですな。ヒャッ、ヒャッ、ヒャッ」

と四十くらいの坊さんはいやらしく笑い、何も、私は愛してなんかいませんよッ！

「あんな、痩せっぽちのひょろ高い、あたまの禿げた気むずかしや……どこがよくて」

「いや、これはどうもおそれいります」

と坊さんはいい、ふと気付くと、坊さんも痩せっぽちでひょろ高く、あたまは五分刈りであるが、すでに半分は禿げあがっているのだった。

しかし「ホトケゴコロ」というのは当っているかもしれない。いちいち夫に張り合って怒る気にもならなくなったところ、全くホトケゴコロである。妻の心はほとけごころ、ほとけの心は妻ごころ、ナンマイダ、ナンマイダ……。

しかし、私は仏ではない。

だから、腹の立つときもあるのだ。

今朝、久しぶりに実家の母が電話をしてきた。買物に出るから、私も出てこないかと誘うのだった。積る話もあるし、いろいろ、渡すものもたまっているし、という。

それなら、ついでに私の家まで遊びにきてくれればいいのであるが、母は絶対に私のとつぎ先には来ない。兄夫婦と同居していて、嫂とはうまくいき（多分におとなしい嫂が折れてくれているらしい）のんきに暮らしている。母は私の夫のことをとっつきにくい男と思い、会うのは気づまりだというのである。不愛想で会うと肩が凝るという。

また、来ると、百メートルはなれた姑の家へも挨拶に寄らねばならぬ。店にだけ来て、姑に挨拶もせず帰ったといわれては、義理がわるいという。ところが姑の家は、姑と義姉とがそろっていて気を使うという。

私に子供でもあれば、それが縁になって婚家と仲よくなったかもしれないが、母はいまだに、夫と、夫の一族にはうちとけていなかった。

それで、近くまで来ても、寄らずに帰ったりする。

母は、大阪駅にちかいデパートで買物をするので、私と待ち合せしようといった。

私は久しぶりなので、母にごちそうすると弾んでいった。そのデパートの最上階の食堂には母の好きな大阪鮨の店があるのだ。

私は一日中、仕事の手はずを段取りよくし、午後出かけて、夕方には戻れるようにするつもりだった。

夫は、夕食に私がいないと、夜叉のごとく悪鬼のごとく荒れ狂うのだ。

また姑といい、義姉といい、決して私の代りに夫の世話をやいてくれはしないのだ。

彼女たちは自分らの団欒が大好きで、夫は、生活費さえくれれば用のない男なのである。

ケンちゃんとミヨちゃんを先に食べさせ、私と夫は昼食をすませた。それから夫は組合の寄合いにいく、といった。

「いつごろ帰るの？　あたし今日はちょっとお母さんにあいにいきたいの」

と私はいった。

「僕はすぐ帰る。そうか、お母さんとあうのか。何かご馳走でもしたげたらええねん。その代り、暗うならんうちに帰ってや、ちょっとでも暗うなったら僕、泣くで」

と夫は上機嫌でいい、ほんとに一時間ぐらいで戻ってきて、

「何や、まだいてんのんか」

と意外そうにいった。

「ええ、買物がすむころ電話するとお母さんがいうの、ここからだと三十分でいけるわ」

しかし、ちっとも電話がかからない。

いつもこれだ。母は時間を守るということのできない人なのだ。牛のよだれのように、ぐずぐず、のんべんだらりとする人なのだ。

私はいらいらして待っていた。

というのは、あまり出るのがおそくなると夫の夕食時間までに戻れないのだ。

夫はよほどの用がないかぎり、七時に夕食にする。

それがおくれると、地団太ふんで、家鳴り鳴動させる。

夫は、酒は一合ぐらいしか飲まないが、かなり食べる方である。夕食に生き甲斐をみつけるタイプの人間である。

簡単なインスタント料理など出したら、箸で撥ねあげ、

「こんなもんが食えるか！」

と叫ぶのだ。

私は化粧をすませ、外出着に着かえ、いらいらしていた。待合せ場所をきめていないので、早く出かけることもできなかった。母のグズを私は、いまは、ニガニガしく恨みがましく思ったりした。一晩ぐらい、私がいなくても夫は死ぬこともないのだが、ガミガミいわれるのは不愉快である。

やっと電話がかかった。母はのんびりした声で「疲れた疲れた、えらい人ごみで……」といい、私がじれじれして待っていることなど思いもそめぬ風である。

電話を置くや否や、私は家をとび出した。もう五時を過ぎているのだ。デパートのエレベーターのあたりで、久しぶりの老母はまた、一そう小さくなったように両手に重そうな荷を持ち、しょんぼり立っていた。

私が去年の暮れにプレゼントしたびろうどのショールが、片方長く、片方短く、やっと母の肩に掛っていた。

母は私を見て疲れた笑いを浮べた。髪が赤茶けてうすくなり、眼の色が水っぽくなって、頰の肉が落ちかけているから、いっそう、丸い眼が頓狂にみえる。

私は母の荷物をもった。さすがに母にあうとしゃべることがいろいろあり、母の肩のうすい暖かみがなつかしくて、いとおしい感じがする。昔、私が頼りきっていた母ではなくて、今はかばい支えてやらねばならぬ母になっていた。気性だけはシッカリしているが、母の体力は、やはり衰えていて、エレベーターに踏みこむとき、母はつまずきかけた。

「足が、いうことをきかんようになって……」

と母はいまいましげに、訴えるようにいった。

私たちはすぐ、最上階のしにせのたべもの店が集まっている食堂へいった。鮨屋は混んでいて、女の子も忙しそうで、つんけんしていた。

電燈は明るいけれど、人がざわめいていて、私は気が散ってならなかった。時計をみるともう六時をまわっており、ケンちゃんは配達から戻って学校へいったろうか、ミヨちゃんはもう帰ったかしら、夫が姑の家で夕食を食べていてくれたらよいのに、などと考えていた。姑が夫の世話をしないのと同じく、夫もまた、姑の手を煩わせようなどとは思いもよらぬらしい。ほんとうの親子なのに、夫と姑は、あまりしっくりいっていない。姑はそのぶん、義姉や義弟や、孫に愛情をそそいでいるらしかった。

私のあたまには、お腹を空(す)かせ、時計を見ながら、「ちょっとでも暗くなったら」泣こうと身がまえている、子供のような夫の姿が浮んだ。

そうして、心ぼそさがこうじて、ついに怒り心頭に狂いたけっている夫の姿は、より一そう鮮明にアリアリと浮んだ。

時計は六時半になった。飛ぶように時間はすぎていく。

母はくちゃくちゃと蒸しずしを食べながら、とぎれ目もなくしゃべりつづけている。

親戚の大学生が、ゲバ学生になって家へ寄りつかぬという話、向いの家の老婆が、冷遇されるのへ面あてのごとく首吊りしたという話、嫁の里の祝いごとに包んだ金が、少なすぎたといって兄が怒った話、兄の子の成績がわるくて、ウチにはこんなあたまのわるい系統はないというと嫂が怒り、兄がそれに肩をもち、母ひとり辛かった話……母は、ほとんど身を二つにするように折って、椅子にちょこんとかけていた。

　あまり前かがみなので、首からすぐお腹へつづかんばかりになって、帯は衿元にくっついている。

　もとからすこし猫背であったが、今はほんとに背が丸まってしまった。そうして、熱心に、大好きな蒸しずしをたべる。

　これは大阪で「ぬくずし」ともいう。暖めて食べるすしで、五目ずし、ちらしずしを、暖かく蒸したものなのだった。

　ふたをとると、熱い湯気と共に、さっぱりした酢のいい香りが鼻を打ち、玉子焼きやかまぼこ、れんこんや笹がきごぼうの野菜の美味しい匂いがいっぺんに混じりあって、思わず箸をとらずにはいられない。ぬくずしを食べると、体の芯まであったまってしまう。

「茶碗むしをとろうか」

　私がいうと母は、

「もったいない、そんな……」

といいながら、いやな風ではなかった。そうして運ばれてくると、すぐ蓋をとって、柚の香りに頓狂な丸い眼をほそめ、

「ああ、ええ匂い……」

と楽しんだ。

母は、「いっちりもっちり」と大阪弁でいう、スローモーな食べ方をする。唇に茶碗むしの玉子のかけらをくっつけながら、まるでいじめられっ子が、いいつけ口をするように私に、

「それでなァ、わたしがそういうたら、タモツがやっぱりヨメさんの肩もってなあ……」

と訴えるのであった。

母の話にばかり身を入れていても仕方がない。ほんとうは嫂にも兄にもいうことがあるだろうし、親戚、隣人とのイザコザも向うの言い分を聞かねばわからない。しかし私は裁判官ではないから、べつに裁く必要はないのだ。母は、理非曲直をただせと訴えているわけではないのだ。

同意してほしいだけなのだ。

「なァ、そやろ？　お母ちゃんのいうこと、間違うてェへんやろ？」

というのへ、向うの言い分も聞かなわからへん、となぜいえようか。私は、

「ソヤソヤ」

というのである。「みさ子もそやそや、いうとった」とあとで母は、鬼の首をとった

ようにいいふらし、私は立場が辛くなるかもしれない、かもしれないが、私はとりあえず、夢中で私に訴える母に、

「そやそや、お母ちゃんのいう通りやわ」

とうなずいてやらずにはいられないのだ。

私は久しぶりで母にあうときは、やはり幼児期そのままに、「お母ちゃん」といってしまうのであった。

母は私に、中年から服(の)むとよいという漢方薬をくれた。私に渡したかったのは、それらしい。いろんなもの、草の根、木の皮などをそれぞれ分量を計って一日分ずつガーゼの袋に入れ、そのままヤカンで煎(せん)じたらいいようにしてくれているのだった。

「ひと月分、三十個作っただけよ。そのうちまた、届けたげるわ。みさ子は忙しいから、とても何グラムいうて計って袋に詰めたりしてられへんやろ、思うて」

と母はいい、私はそういうとき、じーんとするのだった。三十半ばになっても母には私がやはり、コドモのように思えるらしかった。

母と私は、いまは、庇(かば)ったり庇われたりの、戦友のようなつきあいになっていた。

最後に、母の用件は、金のからむつきあいの話になった。――親類の、オイだかメイだかの結婚の祝いに、私のところは、これこれの金額をやるがよい、という割当てである。

母はそんなとき、よく見栄(みえ)を張るのだが、私は、それを指摘することはできなかった。

それは身分不相応な金額だと反撥するのは、母を非難することになり、母を苦しめるだろうからだ。私は夫にはその半分の金額をいい、私のへそくりからあとの半分を足して、母に送っておこうと考え、一も二もなく承知した。

母はすっかり満腹し、それに私に洗いざらいしゃべり、私に合槌を打たせたので、とてもうれしそうだった。

「ああ、ごちそうさん」

と箸の先を嘗めて、折り畳んだ箸紙の先へ突っこみ、やっと茶を飲んだ。

ふと見ると、私の半分のスピードでのろのろと食べていた母の皿は、すっかり拭ったようにきれいに片付けられていた。私は、

「お嫂さんに、おみやげをもって帰ってあげて」

と鮨の折りを作ってもらい、母に持たせた。それもこれも、嫂への好意というより、母のためである。

母が帰宅して、「これ、みさ子が……」というときの得意そうな表情がみえるようだった。いろいろとこれでも気を使うのだ。

母と食堂を出たのは、もうかれこれ七時になっていた。私は母を電車に乗せ、切符を買ってやって別れた。

「はい、いろいろ大きに」

母は荷物を膝へ載せて、子供のように嬉しそうに笑った。

私はとってかえして駅の構内を、血相変えて走りまわった。電話をかけて、

「少しおそくなった、これからかえる」

といい、なだめたかったのだ。どの赤電話も満員だった。行列をいらいらしつつ待ち、やっと順番が来たと思ったら何度かけても話し中で、次の人にぐいと押しやられてしまった。

こうなったら、早いこと、帰るにしかず、である。私は息せききって電車にとびのった。あんまりあわてて普通に乗ってしまった。次の駅で降り、急行を待とうとして、ふと気付くと、ここは急行通過駅なのだ。狼狽(ろうばい)してカンが狂ってしまった。

なぜそう息せききって帰りをいそぐのかと不審がる人もあるかもしれないが、これは、すぐむくれる夫を持った妻でないと理解してもらえない。

むくれるのやったら、勝手にむくれさしといたらええやないか、といわれる勇ましい妻もあるかもしれないが、いったん怒らせたり不機嫌にならせたりすると、あと、もとどおり、機嫌がなおるまで長いから、うっとうしい。店のこと姑(しゅうとめ)へのお愛想、いろいろ気を使う毎日である上に、夫までハレモノにさわるようにしていたら、私は身がもたない。

カルメラやきを作るような要領で、私は細心の注意を払いつつ、夫をあやしているのだ。

やっと、急行を次の駅でつかまえ、わが住み家のある駅についた。タクシーのり場は

行列、あるいて十分ぐらいだから、私はわき目もふらず歩く。バスがとまっている。どうせひと駅もないが、乗ればすぐだ。私はいそいで乗りこんだ。バスは具合よくすぐ発車したが、商店街をすーっと曲ってしまって、気がついたら、行先のちがうバス。あわてて引っ返して何のことかわからない。

私は駆けた。家へ帰ると、七時半であった。まだ店はあけてあった。このへん、夜は早いので、せいぜい八時でしまう。このごろ、夜の店番をしてくれる息子が、私の顔を見ると、やれやれというようにすっと立って出ていき、すこしはなれた自宅へ帰っていった。中学生になってから、息子は無口になり、私に一そう口をきかなくなった。

夫は奥にいて、およそ考えられるかぎりのイヤな顔をして、ふくれていた。

用意だけしてあったので、私は切った野菜や、ゆでたうずら卵、かまぼこ、白身の魚などをあわてて食卓へ運んだ。夫はむっとして夕刊を見ている。店に客が来た。夫が立たないから、私が立っていく。一冊の便箋を売って台所へもどると、鍋は煮えていた。

「おなか空いたでしょう？　ごめんなさい、……お母さんがおそくてねえ……」

私は夢中でしゃべりながら寄せ鍋を作っていた。

「弁解無用！」

と夫は叫び、ばしゃばしゃと音高く新聞をたたんだ。私はひるんだが思い切ってまた、

「早う帰ろうと思って、もう、いらいらしてたのよ、……これでも」

「しかし結果はおそいやないか、その途中がどないでも、結果をみなさい、結果を！」

夫は時計を見上げた。

「何時や思とんねん！」

私がいかにホトケゴコロにみちていても、仏そのものではない証拠に、私は、カッときたのだ。まるでコソ泥に一喝くわせる刑事みたいな、その態度は何だ！　私は夫に向った。

「何をそう怒るのよッ」

「何やと！　怒ったらあかんのか」

「あたしがちょっと遅うなったからって、そうぼんぼんいうことないでしょ！」

「うるさいッ」

ふと夫の顔をみると、青鬼みたいな顔になっていた。これは空腹と怒りの混じった顔である。しかし私も言いだしたから止められない。

「どこへいってもいけないみたいね」

「籠の鳥みたいなことをいうな！」

「そうやないの、少し遅くなるとすぐ怒る！　あんたはね、自分勝手でエゴでワガママで男ヒステリーで……」

甘エタ（甘エン坊、というような大阪弁である）なのよ、というのは、ナゼカ、私にはいえなかった。

何さ、甘エタ！　といえば、まるでトドメを刺されたごとく、ぎゃっ！　と叫んで彼がとび上るだろうことが、私には、おぼろげながらわかっていた。

だからいえない。

そこがホトケゴコロかもしれない。私は、母にでも夫にでも、最後の皮をひンむいて赤ムケの肌に塩水をぶっかけるようなことは、どうしてもいえない。

「文句をいうな！　それが妻のいうことか！　胸に手をあてて考えてみろ。家を出たら鉄砲玉で、メシも作らず遊びあるいて……それでええ、思とんのか！」

「でもね、お母さんが久しぶりによろこんでゆっくり腰をおちつけるもんやから……」

「そんなこと、誰も聞いてェへん！」

私は夫の半禿げのあたまを、カナヅチでゴツンとやりたくなった。殺意を感ずるのはこんなときである。

母が両手に買物包みを持ってトボトボと帰っていった姿、うれしそうに「ぬくずし」の箸をとりあげる姿を思い出すと、そんなところの情緒もものあわれも理解してもらえないことが、絶望的に思われた。男と女は、結局、トコトン、ちがう種族で、わかり合えないんだわ、と思えた。私が、息子と母親の情感がわからないように、夫も、娘と母親の間のきずなや、それをとりまくモヤモヤした断ちがたい気持のつながり、まるでシャム双生児のようにぴったり一部がくっついているような母と娘の仲を、とうてい、わからないらしかった。

それはわかりにくいとしても、私があわてて帰った気持ぐらい察してくれてもいいのだ。私は夫の身勝手がほんとに腹が立った。私がした手に出ればつけあがってるとしか思えない。ホトケゴコロも時によりけりだ。

「そういう味つけで食えると思うか！」

と私の手もとを見ながら、夫はまた、トゲトゲしくいった。

鍋はおいしそうな匂いをたてて煮立っていたが、私は完全に食欲をなくしてしまった。それは、さっきたべた「ぬくずし」のせいかもしれないけれど。

「じゃ好きなようにしてあがって下さい」

と私は膝を払って立ち上った。

「何を。勝手なこというてワガママはどっちのいうことや！」

と夫は卓を叩いてどなったので、茶碗がガチャガチャと鳴った。

夫は、自分の怒りに自分で陶酔するところがあり、ほっとくと、食卓をひっくり返すかもしれない。

そこで私はまた、坐って、夫のぶんをよそって出した。きっと飲むのだろうと思ってお燗をしていると、

「こんなときに飲めるか、けったくそ悪い」

という。けったくそ悪くしているのはどちらだ。

どうして男というものは、こう、こらえ性がないのだ。私が早く帰ろうと焦って電車やバスにのりそこね、電話をかけようとしてイライラしたことなんぞ、わかってるのか

しら。

　夫は食事をしているうちに、やや心持が収まってきたらしく、私に茶碗をつきつけた。三ぜん目。怒りと空腹は別らしい。ややあってぽつんと、

「ミヨちゃんが明日からやめる、というとった」

　といった。私はびっくりした。

「突然すぎるやないの、困るわ」

「うん、『前以ていわんかい』いうたら、『私は忍耐心がつよいから、ギリギリまで働く癖があるんです』というとった」

「よくもそんな勝手なことがいえるわね！」

「仕方ないから、もう、やめてもろた」

　夫の不機嫌には、それも入っていたのだ。しかしそれは、言わなければわからない。

「これからは、お義姉さんにもちょいちょい、店番してもらわないと、手が足りませんね」

　私がいうと、夫は例によってだまりこみ、これはいつものことで、身内のことをいわれると、自分も腹が立っているところだから、怒るのだ。夫は箸をおいて、

「そういうお前が、ちゃんちゃんと帰ってこい！」

「だからいったでしょ、今日はお母さんと……何べんもしつこくいうのね！」

「何べんもいわせるからだ」

夜、夫は、姑の家の風呂も入りにゆかないで寝た。

そのふてくされた恰好は、じつに可愛げないものだ。こんな奴の面倒みきれない。私も負けずにふくれっつらでずっと離れて床をのべて寝た。

狭いから、壁ぎわへくっついてしまう。

夫は咳払いした。しかし私は、今夜は怒っているのだ。

こっちが、母のことをあれこれいって、おそくなったよんどころない事情や、焦燥した気持など少しでもわかってもらおうとするのに、このバカ男は「弁解無用！」と叫び、

「そんなこと、誰も聞いてェへん」

というのだ。絶対、和解するもんか。

夫はしばらくして、

「寒いなァ……」

とひとりごちた。ほんとうに寒い晩だ。

「何かいうたか？」

私が咳をすると夫はいそいで聞いた。私は黙って寝たふりをしていた。

今夜という今夜は、私も腹立てているのだ。こんな野郎に返事できるか。

夫は、ほんとのところ、食事をして満腹すると急速に怒りもうすれてきたのである。

そうして、ふだんの機嫌にもどったのであるが、ユキガカリ上、ふくれているだけである。

従って、私がこんなとき機嫌をとって、

「ねえ……」

と話しかけたら、すぐ、ふつうの声が出るのだ。夫はそれを待っているのだ。しかし私には、あほらしくていえない。二号はんや妾はんとちがう。

夫の機嫌をとるのだけが商売ではないのだ。

夫はしだいに私にハラを立ててきたらしい。

「おい、いつまでもふくれるな」

といった。

私は黙っていてやる。

ホンキに女が怒ったらどうなるか知ってるのか。こらしめてやらねばならぬ。

「何とか、返事せえ！」

夫の声は悲鳴のようになった。

甘えるな。返事なんかするものか。やさしくすればつけあがり、した手に出れば増長し、いいかげんにしろ、というのだ。女の怒りは男とちがう。怒っていても満腹したらすぐ直るような、単純なものとちがうのだ。

「おいッ、何を怒ってんねん、いつまでも……」

夫はいらいらして、暗闇の中で髪をかきむしるような声になった。自分が怒らせといて。

そういうとき、私は、ほんとうは、寸鉄、人を刺すコトバをギュッと夫にいってしめ上げたいのである。しかし、私にはやっぱり、できなかった。とうとう、根負けして、

「何も怒ってませんよ……」

とふつうの声でいい、夫の方を見ると、夫は実に嬉しそうな顔でヘタヘタと笑い、

「ちょっと寒いさかい、そっちへいってもええか？」

というのである。

あくる日は舅の命日で、痩せて背の高い坊さんがきた。坊さんはお経をあげるとお茶を飲んで、

「店の娘さん居らんようになると奥さんも一段とお忙しいでしょうなあ。その代り、旦那さんに大事にしてもらいなはれ」

と下世話にくだけていった。この坊さんは学問のあるようなないような、高潔なような卑俗なような、何ともわからぬ坊さんである。時折、駅前のパチンコ店「名人芸」で、パチンコに熱中している。

「だめですよ、大事にしてるのはこっちの方ですわ……主人はあたしによりかかる一方ですからね」

「そら奥さんがやさしいからや」

「やさしいのかどうかわかりませんが、所詮、あたしにはカカア天下、女上位という器量がないんですのね。やはり偉そうにできませんわ」

「そうかな」

と坊さんは首をかしげ、

「元来、男は女を可愛がり、女は子を可愛がる。これが昔からの真理だす。この反対のことはウソだす。つまり、女が男を大事に愛するとか、子が親を思うとかいうのんは、これはニセ、マヤカシ、人のみちからはなれとることだす。そこには偽善がおますな」

「そうかしら……」

と私が、こんどはいう番であった。

「でもあたし、やっぱり主人にはツケツケいえませんわよ。結局折れちゃうわ……」

「ヒャッヒャッ、……それは奥さんのホトケゴコロだす。ほとけの心は妻ごころ、どないだす、ホトケさんいうたら、光明遍照十方世界、あまねく慈悲の心をまきはるもんだす。こう、ずーっと、そのホトケ心をホースで水まくみたいにバラまいてもらわれしまへんか」

呆(あき)れた坊さんであった。何だか色目を使って帰っていった。

入れかわりに夫が帰ってきた。

「おい、店の前を掃いとけッ。気ィ利かん奴ちゃ」

私はミヨちゃんの代りに掃除しながら、坊さんの言葉を考えていた。考えれば考えるほど、男を甘やかす、男を思い通りにさせるホトケ心は、危険なもののように思われてきた。私は、物欲しそうな坊さんが哀れで、すこし、ホトケゴコロを感じたからである。

もう長うない

結婚以来、夫の口ぐせはいつもきまっている。

二つある。その一つは、

「もう、長うない」

ということだ。あとの一つは、

「オマエは強いなあ……」

ということだ。

「もう長うない」というのは、夫が、自分で自分の寿命を推測して発する予告である。

「もう長うない」か、はたまた、「まだまだ長い」かは、神さまがおきめになることで、勝手にこちらが推しはかれるものかどうか、私は甚だ、僭越な予告だと思うものであるが、夫はなぜか、確信にみちて言い放つのである。

そういう夫は、いまやっと四十二歳になったばかりである。いわば男ざかり、働きざかりではないか。人生のゴールデンエイジというべき年代なのに、「もう長うない」とくり返す。

結婚以来、実に十二、三年、そういいつづけているのだ。

まあ、どちらかといえば、病身というのかもしれない。

風邪をひきやすい。下痢しやすい。よく眠れぬ、肩こり、耳鳴り、などいい立てる。病身の夫を持つ妻の身になってほしい。その心労と手間は大変なものだ。

こちらも病身だと、同病相あわれむ、というのかもしれないが、私は病気をしたことがない。というより、夫の病気がたてつづけなので、こちらが病気をするひまがないのだ。すこし寝こむと、すぐ夫は、

「いうとくけどな、僕、もう長うないで」

と私をおびやかすごとく警告する。

それでいて、かくべつの大病も大怪我もせず、生まれて四十二年、何とか過ごしてきたのだ。

「四十二年も生きてりゃ、結構、長いんじゃないの」

私はこのごろ、そういうようになった。
二十二、三で死んだら夭折（ようせつ）ともいえようが、不惑まで生きのびられれば、まあ、いいのではないか、以て瞑（もっ）（めい）すべきであろう。
「ようもそんな殺生な。今日びの平均年齢は七十出てるねんぞ」

夫は気色ばんで反撥（はんぱつ）する。

そこが矛盾している。

夫は長くないと自ら信じこんでいる。若死にする、若死にする、といいつづけ、ついに四十を出たのであるから慶賀すべきロングランで、私は、お祝いをしているのだ。た

ちどころに死んでも、夫が、「年に不足ない」と思うように、なぐさめて私は、「結構長い」といったのだ。

それを夫は、自ら長くないというくせに、私が長い、と慰めると怒るのである。

「じゃ、いくつまで生きればいいんですか」

「平均年齢より下やったら、若死にや」

「でも上見りゃキリはないわよ。このあいだ京都の、ホラ、あたしのひいお婆ちゃん、長生きして死んだけど、惜しい年で死にはったと、みんな泣いたやありませんか」

「あの婆さん、なんぼやった」

「九十三」

「………」

「人間て、欲が出るのよ。あと七年生きてりゃ、役所から褒美が出るのにって、みんな惜しがったやないの、そんなものよ、いくつで死んでも欲は出るわ。四十まで生きたら十分とちがう？」

「冗談いうなよ。九十の婆さんと四十の人間を一緒にされてたまるか」

夫は内心、長生きしたいのであるらしい。しかし何にしても、十三年間「もう長うない」「もう長うない」といいつづけられれば、たいてい耳はタコができ、心は鈍くなり、おやそうですか、どうぞお先へ、という気がする。

昔の落語家の辞世に、

「いそがねど　迎いにくれば是非もなし
　どうぞみなさん　あとでごゆるり」

というのがあったそうだが、そう先をいそぐ人はどうぞ、追い越していって下さい、と道をよける気持になる。

こっちはあとからゆっくり参ります、と覚悟のほぞを固める気になる。

「昔はそんな、つれない、不人情なことはいわなんだのに」

と夫は、あてつけの如く嘆ずるが、昔と今とはちがう。私も夫に鍛えられて動じなくなったのだ。これが結婚したての頃なら、はじめて夫に、思わせぶりなため息と共に、

「僕、あんまり長うない気がする……」

などといわれたら動転して、

「えっ、どうして！」

と、思わず持ったものをとりおとすほどのショックであったのだ。

「絶対、そんなことないわ、あなた……、きっと長生きするわよ、大丈夫よ」

と声を嗄らして励まし、力付け、自分自身も、不吉な想像を振りはらうごとく、必死にそう言い募っていた。

ああ、あの新婚のころの、うぶな心の衝撃よ。

夫がすこし病気でもすると、

（もしや……？）

と思い、あらぬ、まがまがしいことまで、それからそれへと考えて、思わず涙ぐんだりしている純情な私であったのだ。

私と夫とは見合結婚であるが、はじめ、ひと目みたときから、私の方はもう、きめてしまっていた。つまり、ひと目惚れしたのだ。

美男というのではないが、いかにも好感のもてる、まじめそうな青年で、話しはじめると、まるで、ずうっと昔から知り合いだったように、いくらでも話し合えた。前世から彼と結婚するようにきめられていたのではないかと思うほど、気が合った。（あとで聞くと、彼もそう思ったそうだ）

こんなすらすらまとまった縁談は知りませんわ、と仲人狂の母の知人が喜んだくらい、話はとんとん拍子にすすんで、半年のちには結婚していた。

半年間のあいだに私は彼に熱烈な恋を感じていたので、見合結婚といっても、たいそう恋愛の色が濃い。だから、結婚したときは、幸福の絶頂という気分であった。

夫がさほど病身とは思わなかったし、そんな話も聞かなかった。

夫はスキーもするし、野球も好きで、スポーツは総体、不得手ではないらしい。婚約期間中も、ずうっと元気だった。

私は、結婚以来、はじめて彼が風邪をひいたとき、

「あんまり長うない気がする……」

というのを聞いて、心からショックを受けたのである。

「どんな風に気分わるいの？　え！　どこか痛むんですか？」

私はおろおろして、夫の肩を撫でさすったり、腰を叩いたりして、顔をのぞきこんだ。「長うない」などという言葉は、私には人が、一生に一度、思わず口にするような不吉な予感、タダゴトでない異常な感覚に予知される、悲しい、胸しめつけられる告別のことば、つまり神が、無力な人間の口を藉りて、ふと洩らされる、恐ろしい神意の一端、それをかいまみたような、そんなぎょうぎょうしい言葉であったのだ。

それで、涙ぐみ、はてはすすり泣きながら、

「うそよ。うそ！　そんなこと、決してないわよ。いや、そんなこというたらいや！」

と叫び、

「もし、タケオさんが死ぬんなら、あたしも死ぬ！」

などと口走っていたのだ。

すると若い日の夫は、満足そうににこにこし、やさしく私の背を撫でて、

「そんなことというなよ。ごめんよ、つまらんことというて、心配させて……」

と、私の涙を拭いてくれたりし、ついでに、

「バカァ」

などといいながら、ちょいとキスする、……申しわけない、私は何ものろけるつもりなんかないのだ、この年になって十二、三年前のことをのろけてなんとしょう。

つまり、「もう長うない」という言葉は、若き日の私にはそれほど、こたえたのだ。

私は、それを聞くたびに、「ぎゃっ!」と飛び上りたくなり、「もしそうなったら、あたしも死ぬ!」と口走りつづけてきた。

それと共に、夫が、意外に体の故障をよくいい立てるのに、ハラハラさせられ通しだった。表通りの薬局にとって、私の家はいいお得意であった。

夫がこう弱くては、子供も出来ないかしら、と思っていたが、幸い妊娠した。おなかの大きいうちは、心配させないで、といっていたのが利いたのか、夫はしばらく「もう長うない」を口にしなかったが、娘が生まれると、まだ赤ん坊のうちから、またもやそれをいいはじめた。

私は悲しみ、真剣に、母子家庭で活きる道をもとめ、(短い縁だったのだ……)と思おうとし、夫にもしものことがあっても取り乱すまい、自分の身ひとつのころは、夫のあとを追って死んでもよいが、子供がある以上は、石にかじりついてもこの子を育てなければ……と思いきめたりしていた。

取り越し苦労で、あたまも白くなる気がした。

そして夫の体調に一喜一憂しつつ、すごしてきた。

ところがあるとき(それは、いつのことか分らない)私はふと、

(「もう長うない」というのは、夫の口ぐせではないのか?)

と疑い出した。そう思うことによって、私の心配ごとや取りこし苦労を振りすてたい気もあったのかもしれないが、十なん年いわれつづけると、いかに純情な私といえども、

と答えるのだ。

そして今では、平然として四十二年も生きりゃ、結構、長いんじゃないの、と答えるのだ。

と思うのは仕方なかろう。

(またかいな)

あるいは、

(ほんまかいな)


御用とおいそぎの方はどうぞお先に、というのだ。

どこがわるい。

「パパはね、長うない、長うない、といいながら九十三まで生きる人よ」

「何をいうか、五十まで生きりゃ、めっけものや」

「ほんとに危ないのは、あたしみたいに、ふだん丈夫な人間かもしれへんわ、ポックリと……」

「オマエが死ぬものか、殺しても死なんよ、オマエは強いからなあ……」

と夫は、憎々しそうに聞えるほどの、強い調子でいう。

「つまり、野蛮人なんや」

風邪も引かず、オナカも下さず、ごろ寝しても平気、夏冬通じて丈夫で医者知らずの私を、夫は野蛮人というのである。

しかし、私とて不死身ではないのだ。ほんとうは、あたまが痛くて起きられぬ朝もあれば、体がだるくて熱を発して、夕食の支度もできない夜もある。

そういうとき、私には、「もう長うない……」というあいてがいないのだ。夫にいっても仕方ない。こういう言葉は早いもの勝ち。

「えい、やっ」とがまんして飛びおきる。そして緊張して仕事にかかる、するとどうやら、いつのまにか癒（なお）っている。

いくじなく寝込むと、もう起きられない気がして、私は、精神で肉体の病いを克服しようとしているのだ。

たんに野蛮人の、動物的な強さとはちがう。

夫は私のそういう努力や根性をみとめず、生まれついての野卑な健康を誇っていると軽侮しているらしい。

そうして、オレは弱いのだ、虚弱だ、デリケートだ、病身だと誇張する。

私は夫の竹男を見ると、ずうっと昔、子供のころの、幼稚園の同級生を思い出す。

おそろしく過保護の男の子が一人いて、いつもお婆ちゃんが世話をやき、教室の中までついてきて、横に坐（すわ）っているのであった。

その子は着ぶくれて身動きもままならぬほど、厚着させられていた。

お婆ちゃんがそばにつききりで、遊び時間もおひる休みもお婆ちゃんといっしょ、彼が友だちのところへいこうとすると、

「危ないよ、危ないよ。ケガするよ」

とお婆ちゃんは金切り声で引き止めるのであった。

男の子はあたまの鉢の拡がった「福助あたま」というか、上三白眼でいつも機嫌わるくグズグズと、すすり泣いてばかりいた。

そうして、付き添いのお婆ちゃんに、魚の骨をとってもらい、折り紙を折ってもらい、「おゆうぎ」をいっしょにしてもらい、靴下をはかせてもらい、寒いといっては大きな毛糸の上衣を着せかけられていた。

夫は、私に、あんなふうにしてもらいたがった。

結婚のはじめは、私も、せっせと夫を庇ってきた。

でも、十三年だ。

何といっても十三年は長い。今や私も、かんにん袋の緒が切れた。ご用とおいそぎの方は、どうぞお先へ！だ。


ゆうべ、私は夫に叩きおこされた。

「気分わるい……ノンキに寝てる奴あるか」

例によって、そういう言葉からはじまる。

夫は唸っていた。蒲団に坐っていそがしい呼吸をしていた。

「心臓がドキドキする」

私はいそいで脈を見た。医者ではないが、慣れてしまって、なかなか、手付きだけはよい。

ほんとに、脈が早かった。

「あらまあ！　ほんと！」

「誰がウソいうねん。ひや汗が出てるゥ」

私は、夫の額に手をあてた。つめたい汗がふき出ていて感心した。

「ほんとだ。ひや汗だ！」

「いちいち、ほんとというな」

夫は華奢な顔立ちと体つきで、背丈もそう高くない。色白で、やさしげで、十三年前、私はその繊細な感じにひかれて結婚したのだ。四十すぎた今でも、やっぱり、線のほそい、やさしい感じである。弱々しげである。

そうして、「気分がわるい」の「心臓ドキドキする」のと訴えているのを聞くと、いかにもさもあらん、という気がする。

しかし、これがわからないのだ。

夫は今までそういって十三年間、私をヒヤヒヤさせてきたが、これといって大病をしたことがない。どころか人なみに、仕事もし、酒も飲み、ゴルフをあそばすのだ。夫のようすを見ると、いまにも断末魔というていないのだが、なに、この間の会社創立記念日に十年皆勤で表彰されたのは、誰あろう、夫である。

夫は、きまって、あす休みという前の晩あたりに悪くなることが多い。

休みでも、あすはゴルフ、などというときには悪くならないのだからふしぎだ。

私はそんなことを思いつつ、夫の汗を拭いたり、背中を撫でたりしていた。睡いのと両方だから、つい、手がスローモーになり、とぎれる。

「おい、もっとていねいにしてくれ。どうも、いつもとちがう」

この「いつもとちがう」も、夫の大好きな言葉、「いつもとちがう」といい、いい、十三年たちましたね。

ほんとに悪くなったときは、〈狼と少年〉ではないが、どういうつもりだ。

「叩いた方がええな。肩凝りから首すじまで固うなってるのかもしれん」

「叩いたら、心臓にひびきませんか」

「心臓のドキドキはおさまった。今は関節、体のふしぶしが痛い。凝りからきてるのかもしれへん」

「こうですか」

「その叩き方には心がこもってないな。もっと念を入れてくれ」

「こう？」

「そう、やけっぱちみたいに叩くな、すぐ分るんやから。念を入れてるのと、ぞんざいなんは、カンで分ります」

「こう？」

「やや、よろしい。もう長うないのやから、あとで心のこりのないように、しっかり世話してんか」

あんがい、夫の方が千年も万年も、私よりあとへ生き残るんじゃないか。

「寒い」

と仰せられる。毛糸のカーディガンの上に、更に厚いジャンパーを着せかける。

「吐きけがする」

「二日酔いやない？　今夜は、えーっと、お酒を飲んだでしょ」

「ちがう。そんな単純なものではない」

「お医者さん呼びますか？」

「あんなヤブに何がわかる」

と夫は、近所のお医者さんのことをわるくいった。

先生は夫より三つ四つ年少の人であるが、わりに太っぱらな、明るい医者で、おなかいたは「食べすぎ」デキモノは「湿疹」発熱は「寝冷え」と、しごく単純な診立てで、わかりやすくて、私などには向いている。私も娘のみちるも、その先生を家庭医として信頼しているが、夫は、あまり信用しない。

それは、いつか先生が、文句をいう夫に、

「あんた、そら、神経やな、気のせいや」

のひとことで片付けてから、深甚な憤怒を抱いているのである。夫は、現代医学では解明しえない病気の十字架を背負って、人類の苦しみを一手にひきうけている、とでもいえば満足するのであろうか。

「お薬、服んでみる？」

と私は薬箱を出した。市販のものばかりか、夫が医者にもらって服みきれなかった薬が、馬に食わせるほどあるのだ。

「いま服んだら、かえってもどす」

「いったい、どこが悪いの？」

「あっちこっち。体のふしぶしがいたむ。熱も、いつもより高いみたいや」

計ってみると、八度を越えていた。

「あら、ほんと！」

私はまた、感心した。「いつもとちがう」というのは、たまには当るときもあるんだな。

「それみい……うーむ、気分わるい、ああ気分わるい、いつもとちがう」

と夫は鬼の首をとったようにあらためて、大きな唸り声をあげた。

ほんとに、何かの急病かしら？　とふっと、心配が、あたまをもたげる。

この、私のお人よしかげんが、我ながらイマイマしい。

私はこのお人好しのために、十三年間、夫のいうままにヒヤヒヤ、ハラハラ、させられ、心を砕いてきたのだ。

待てよ。大げさにいう夫のことだから、また、いいかげんな容態なのではないか。

「狼が来たよ！」にダマされてはならぬ。

つい一週間前だって、夜中に吐いたりあげたり、「いつもとちがう」と訴え、胃潰瘍だ、胃ガンだといいつつ、結局、けろりとなおり、ついに二日酔とわかったが、今度のは何だろうと、私は好奇心に駆られて、「家庭の医学」をもってきて調べた。

「吐き気がする？」

「うん、それにあたまも痛い」

夫は、幼稚園のあの福助あたまの子供がお婆ちゃんに訴えるごとく、いった。

「脳炎かな。髄膜炎てのもあるらしいわ」

「日本脳炎か、あれは夏とちがうのか」

「関節がいたむの？　それやったら、リューマチ、急性関節炎」

「腰もだるい」

「急性腰節痛」

「脚が力よわくて、立たれへん」

「椎間板ヘルニア」

「ちがう、そんな平和的な、日常次元のもんとちがう。いつもとちがう感じや、いうてるやろ」

「ひや汗が出るっていうたわね？」

私が水を向けると、夫は飛びついてきた。

「そやそや、ひや汗！」

「狭心症、心筋梗塞」

「のども痛い。目がチラチラする。あたまもクビも痛い」

「蜘蛛膜下出血」

「とうとう、殺してしまうのんちゃうか、もっと真剣に考えてくれや」

「だから症状の一致するのを撰ぶと、こうなるんですよ」

「こういうのが、いっぺんに癒る注射でもあればなあ。頭痛に、筋肉、関節痛、胸のいたみ、肩こり、ひや汗、吐き気」

　そんなもんが、いっぺんになおるなんて、麻薬しかあるまい。

「往診してもらうんなら、今晩中よ、あすはお休みやから」

「どうせ、食当り、なんていうのにきまってるよ、あのやぶ医者め」

　それでも、郊外の新興住宅街の悲しさ、医者といえば、その先生の家が、一軒だけで、夫は文句をいい、いい、いつもその先生にかかるのである。

「電話するわよ。明日は往診はしてもらえませんよ。どうせ、あの先生も、休診日はゴルフやから」

「待ちいな。もうちょっとようすをみる」

　夫は、太っぱら先生に「気のせいですよ」と笑われるのが、いまいましくも無念なのである。

私は欠伸（あくび）をかみ殺しながら、夫の背中を撫でたり、さすったり、していた。

「欠伸したやろ」

と夫は、私を咎（とが）めた。

「欠伸も出るわよ、二、三日、根つめて仕事してたんですもの」

「口答えするな、病人がそういうたら、なぜ逆らわずに、ハイすみません、と言わんか、こっちはよけい病気が進む」

夫は体の向きをさまざま変え、辛（つら）そうに、大儀そうに体をもて扱かい、私に汗を拭かせた。

私の方が、疲れてくる。

私は、ずうっと内職をしている。内職、というより、一つの独立した職業みたいなものである。電動ミシンまで買って、納屋を改造して仕事場にし、子供服の下請けをしているのだ。昨日が納期で、かなり忙しく働いたから、その疲れはまだ、ぬけていない。こういう縫製の下請仕事は、納期がおくれると容赦なく値引きされる。

私がその仕事を二、三年前から始めたのは、無論夫の口癖の、「もう長うない」にせきたてられる気が、したからである。

夫が「お先へ」といってしまったあと、私とみちるが路頭に迷わなくてすむように、私は生活設計をしなければならないと思った。家にいて出来る仕事、となると、縫物の下請仕事しかない。生命保険の仕事もしたが、みちるをあずける所がないので困った。

結局、いまの仕事が便利である。

　考えれば、私も、よく働く、かいがいしい妻ではないか。

　それにつけても、思わず怨みがましく、

「パパって、弱いのね……」

　という、嘆声が出ずにはいられぬ。

「オマエの方が強すぎるねん」

　と夫は負けずにすぐそういい、

「何も、弱うなろ、思てなったん、ちゃう、生まれつきやからしかたないねん」

　と力なく弁解する。

「もう少し、強く鍛えてほしいわね、男でしょッ」

「男やから強い、女やから弱い、ということがあるか。オマエの方が、強すぎるねん」

「そうですか」

「丈夫すぎる人間は、同情、思いやりの心が持てん。いたわり、なぐさめの心に欠けとる」

　いちいち口答えする所をみれば、かなり、気分もなおったのではなかろうか。

「あすは人形劇へ、パパに連れていってもらう、とみちるが楽しみにしてたのにね」

「それどころではない。病状によったら入院せんならんかもわからへん……おい、蒲団ここへ積んでな、凭りかかれるようにしてくれ」

「こうですか？」

「そうそう……戸、閉めて……いや、きちッとしめたら空気の流通わるい、ちょっとあけとく……コップに水くんでくれ」

私はコップに水をくんできた。

夫は、風邪ぐすりを服んだ。

「気でもまぎれるやろ、何ぞ服んだら」

「パパ、あたしがこう、さすってるから、その間に眠ったらどう」

「眠れると思うか、こんな気分のわるいときに。いつもと違う予感がする時に」

私は手だけ動かしていたが、欲も得もなく眠くなってきた。つい、ゼンマイがゆるむように、手の動きが不活発になる。

はっと気付いて、うるさい夫が文句をいうかと思い、うかがってみると、夫は安楽に、蒲団に凭りかかって、スヤスヤと眠っているではないか。

私はみちるを連れて、駅前の団地の中にある市民会館へ出かけた。ここで人形劇があるのだ。小学六年のみちるは、おとなりのひろしくんも来てる、といっている。やがて柴田（しばた）夫人が私たちのちかくの席へ来た。

これは右となりの家の奥さんである。

「ゆうべはどうなさったの？」

柴田夫人はさっそくいった。

「ええ、やかましかったでしょ、ごめんなさいね」

私の家の居間と、柴田家の台所は軒を接しているのだ。呼べば答える近さ、声が筒ぬけになったのかもしれない。

しゃべっているうちに「ピーターパン」の幕があき、私たちは口をつぐんだ。

休憩時間に、子供たちを残して、私たちは廊下の椅子に坐った。

「いえ、ね。ちょうど、あのころ、ウチでも、同じような言い合いを、主人としてたものですから……」

柴田夫人は、思わせぶりに、くっくっと笑った。

「何なの？」

「ほんとに、どうしてあの四十前後の男って弱いのかしら」

柴田夫人は声を低めていい、プログラムの蔭で私に耳打ちした。

「ウチの所の主人もいうんですよ、オマエの方が強すぎるねんって——」

「まあ」

私は屈強な大男の柴田氏を思い浮べ、

「おタクも弱いの？　ああみえて？……」

「そうよ。見かけ倒しよ。つまらない」

「そうはみえないけどねえ」

「奥さん、『もっと強く鍛えてほしいわ、男でしょッ！』って、言うてはったわね」

「エッ？」

「ちょうど同じこといってたとこ、ウチも」

柴田夫人は私のひざをつついた。

「おタク、何か療法あるの？　ウチはハブの粉を飲ませてるわ。茶匙にいっぱい、毎朝飲むのよ」

「それ、体によろしいの？」

「体って——まあ、あっちによろしいのよ」

ばかばかしい、柴田夫人は、強い弱いを、別な意味で使っていたのだ。

ウチの夫ときたら、体は虚弱のくせに、その方面は人なみであるから、

「ね、奥さんとこも、ぜひ試みなさいよ、あれ、わりにいいみたい——こんな小さな缶で三千円は高いようだけど、でも三月はあるわよ」

と柴田夫人にすすめられる精力増強剤「ハブの粉」の世話にはならずにすむのだ。

帰宅すると、夫はぼんやりテレビを見ていた。

「医者、帰っとったか」

というのは、太っぱら先生の家のガレージがあいていたら、まだゴルフで、閉まっていれば帰宅のしるし、先生はわりにマメで親切な所があるので、たとい自宅で酒を飲んでいても往診にきてくれたりするからである。

「まだお帰りやないみたい。——具合、まだわるいの？」

夫は返事の代りにためいきをつく。

「明日は休まんとあかんかもしれん」

みちるが服を着更えて、突立ったまま、

「ママ、たっちゃんとこへいってもいい？」

と返事もきかず、出ていった。

「親爺がふうふういうてんのに、一べつもくれず出ていく。可愛げのない子供や」

夫はそういうが、みちるは、父親がいつも肘まくらで、ごろんと横になり、どこが痛むの、かしこがわるいの、といっているのに、「耳タコ」なのだ。

また「明日は休まなあかん」といいつつ、皆勤十年の栄誉にかがやくのが、夫なのである。

「夕めしは何時や」

「何時でもできますけど、おなかすいてるのなら早めにしましょうか？」

「とんでもない。食欲が全然、ない」

「困ったわねえ」

「何を買うた」

「パパにはカレイの煮付けと、白身のおさしみ。……小芋の煮つけ」

夫はうなった。

夫は食いしんぼうである。私には彼があたまの中で、それぞれの味を、じっくり思い返してるのを想像することができた。

「もうひとつ食欲が出てこん」

「ごめんなさい。何かほしいものがあったら、買いにいきますよ」

「全然、ほしいもんがない」

「これでも見てれば食欲がわくかも知れへん」

と私は、彼に「四季のお惣菜」という色刷りの本を渡した。

「四季のお惣菜」を見るうちに、夫が舌なめずりして、

「これなら食べたい！」

と叫ぶことがあるからだ。

今日も、夫はそう叫んで、あちこちのページを指した。

一つはゼンマイと油揚の煮つけ、一つははもの照り焼き、

「はもは時期はずれ、ゼンマイはこのへんには売ってないわよ」

「できんもんなら、できそうなことをいうな」

「でも気がまぎれるでしょ」

食事ができると、夫は、しぶしぶひと口食べた。

「全然、あかん。食欲ない」

そういいつつ、魚の半身をぜんぶ食べた。

「どうもいかんようだ。酒でも飲んだら、すこしはすすむか」

「肩こり、ひや汗、あたま痛がぶり返しても知りませんよ」

「風邪ぐすりやと思うて飲む。五勺ぐらいにしてくれ」

私は一合、つけていった。

何度も立つのは面倒だからだ。

そうして、やはり、夫は、五勺ではすまず、一合飲む。

「どうもいかん」

といいつつ、すべてのオカズを平らげる。

「すっかり、上ったではありませんか」

「残すと勿体ないから、むりして食べた」

同じ食べるのなら、アアおいしかった、となぜ言えないのだ。

「あのヤブ医者は帰ってるか」

「もう、帰ってらしたでしょ」

「みちる、みてこい」

「往診をたのむの？」

「たのまなくてもええ、あのな、表のガレージ見て、車があったらそれで、よろし」

「ヘンなの、見てくるだけ？」

みちるはヘンな顔をして出ていったが、これは夫の癖で、医者をヤブとののしりながら頼りにし、しかも、イザというとき電話すれば来てくれると分れば安心するのである。ヤブ医者でも、いないとなると、不安になるらしい。

「いるよ」

とみちるが帰ってきていった。

「そうか、車があったか」

「うん、先生がハダシで車、洗ってたもん。そして奥さんに、風邪ひくと叱られてたもん」

「医者の不養生という奴やな。何ちゅうバカなことをする。風邪は足もとから引く、いうこと医者のくせに知らんのかいな。自分の体は自分で気ィつけな、周りが迷惑する」

と夫は太っぱら先生を非難した。

先生はともかく、私の方が、風邪を引いてしまった。昼間、人形劇を見にいったとき、寒い廊下で、話に夢中になっていたのがこたえたのかもしれぬ。あのとき引込んだらしい。

あわてて風邪薬を飲み、風呂も、今日はやめて、早目に床についた。

卵酒でも飲んで寝ようかと思ったが、作るために起きて出るのもおっくうである。

翌朝は義理にもあたまが上らない。精神力で肉体を克服することもできそうにない。

みちるは、ひとりで湯をわかして紅茶を飲み、トーストをたべ、ついでに、

「パパのも焼いたげる」

と夫の世話をしてくれた。

夫は私の床の周囲をぐるぐる歩いた。

「どうして病気になんか、なる！　ふだんの心がけがわるいからや」

夫は口をつき出し、不服そうにネクタイをしめた。

そうして鏡を、ちょッちょッとのぞくひまに、私に向って、ありたけの文句を並べた。

「自分の油断から病気なんかにかかって、まわりがどんなにユーウツになるか、考えたことがあるのか！……おい、ハンケチは？……靴下はどこや。……いや、これはあかん、色が気にくわん……ともかく、や。家の中で一人でも泣きごとを並べられては、まわりがたまらんのや」

「だってパパ……」

私は必死に訴えた。

声まで思うように出なくて、弱々しい声になる。

「なろうと思て、なった病気とちがうのよ、パパ……しかたないでしょ」

「しかたない、しかたない、ああ、しかたない！　寝てる方はええけど、寝られる方はたまらんぞ、ユーウツでうっとうしいて」

「きっとすぐ、なおると思うわよ」

「当り前や。オマエのような野蛮人が、病気するとはなまいきやぞ」

夫は、そういう気だったのか。病気のような高尚な事態は、夫のように生まれつき虚弱の栄誉に包まれた、恵まれた人々だけの特権だと思っていたんだな。

夫はさんざん、毒づきちらして会社へ出かけていった。夫は無欠勤であるばかりでなく、無遅刻の優良社員なのである。

昼に電話が掛ってきたが、私は便所へ入っていたので、出てみたら切れていた。

まもなく、いら立たしげに、また掛ってきた。夫だ。

「何しとった、心配するやないか！」

「トイレよ」

「それにしても長いこと鳴らしとったのに」

「右から左に出られるわけないでしょ」

「病気はどうした、まだ悪いのか、医者にみせたか」

「いいえ。お薬飲んで寝てたら、すこし、よくなったわ。——ずっと横になってるの」

夫は不満そうに、唸った。

私にはわかっている。

(もうぴんぴんしてるわよ)

と私がいうかと思ったのに、いわなかったからだ。

「とにかく、医者にみせてこい、風邪やと思てると、意外に、ヘンな病気のことがある」

「大丈夫よ」

「いや、いかん！」

夫は電話口でどなった。

「いかん！　診てもらってすっかり、癒せ！」

「どならなくても、きこえますよ」

「オマエは野蛮人やから、すぐ、なおるはずや」

しかし私は野蛮人ではない証拠のように、二日たっても三日たっても具合のわるいのはなおらなかった。「いつもとちがう」と夫ではないが、いいたいところ。

それこそ、体のふしぶしがぬけるような、だるさと、発熱と、……どうも、ふつうではない。

夫は毎朝のごとく、ふくれっつらで、

「まだ、なおらんのか」

とあたり散らして出てゆく。柴田夫人が見かねて、太っぱら先生をたのんでくれた。

「悪いもんにかかったな、インフルエンザですよ。二十日はかかる。一週間はまず、絶対安静。あとはぼつぼつ、動いてよいが、体のだるいのがとれるのは半月から二十日やな」

先生は私に注射をし、

「奥さんはめったに病気にならんから、ちょっとかかると、こたえまっしゃろ」

といった。

先生はいわでものことに夫に向いて、

「これはご主人とちごて、奥さんの病気はホンモノですわ」

とニタニタ笑った。

先生が看護婦さんを助手席にのせて車で帰ると、夫に向って私はいってみた。

「パパ——あたし、もう長(なご)うないわ……」

すると、夫は、髪をかきむしって飛び上り、

「ぎゃっ！」

と叫んだ。そして、

「絶対、そんなことないよ、オマエは長生きするよ、野蛮人やないか！　オレより長生きする、バカをいうな！」

ととりすがった。

そのとき私に、夫の快感がわかったのである。私は、いい心持で、さも苦しそうなため息をついてみせ、

「いいえ、だめよ……パパは強いわねえ……。あたしはもう長うないわ」

と、うっとりつぶやいた。

かんこま

私の夫ほど、モノを丁寧に扱い、決して捨てない男はないであろう。
サラリーマンだから、服装は商売道具の一つで折々に、新調するけれども、ふだん着など、いまだに親爺の着ていた「進駐軍」の上衣をひっかけているのである。破れると自分で丹念にミシンをかける。家具はニスを塗りかえ、折れた脚には、クギを打ちつけ、杓子には針金を巻いて補強する。

もったいないからや、という。

「とことん使わんといけません。オマエは何でそう片っぱしから捨てるねん、モノを大切にする、いう心がけが欠けとるぞ」

と夫はいう——夫は、おばあちゃん子で、小さいときからおばあちゃんに、つましく、きちんと育てられたのである。

ふだんばきのつっかけなども皮紐で丹念に綴り合せ、いつまでもチビたのをはく。私はしかし、あまり汚ないのはこっそり捨てることにしている。ある朝、

「おい、昨日の歯みがき、どこへやった？」

と夫は台所にいる私に聞いた。

「あれはもうしまいになったから、新しいのを出したわよ」

私が鍋をかきまわしながらいうと、夫は飛び上った。

「ナンということをする。あれはまだ、たくさん残ってたやないか。バカッ、どこへ放下した！」

「屑籠の中にあるでしょ」

「どうしてオマエはこういうことをする、まだたくさん残っているものを……」

夫は歯みがきのチューブを拾い上げ、水で洗いながし、

「一事が万事、することが鷹揚すぎるやないか、これはまだ、二、三回分出てきます」

夫はチューブを棚に置き、金槌で叩いて押し出し、

「端はクルクルと巻いとく。何十ぺんいうたら分るねん」

そうして出てきた歯磨きを満足げにブラシにつけて歯をみがいた。

洗面所に金槌はないのだから、夫は朝おきるが早いか、歯みがきチューブを叩いて出すべく、物置から金槌をとり出して勇んでこちらへやってきたにちがいない。

顔を洗うと、彼は半きれのトーストと紅茶で朝食をすませる。紅茶はティーバッグをさも大切そうに、茶碗の湯の中でひとふり、ふたふり、それでしまい。あるかなきかの色がつくと、それで満足する。

色のうすいのもむりはないので、もう二タ朝使っているティーバッグである。二、三回使わないと彼は承知しないのである。

彼は弁当を持ってゆく。何となれば食堂の昼めしは高くて不味い、という。

しかし弁当もこの頃は高くつく。一つの弁当にあれこれ、品数を揃えていると、あと残りものがたくさん出て、ずいぶん値段の高い弁当になってしまう。

そういったら、夫は、それなら前夜の残りものを入れよ、といった。

「残りものったって、カレーライスなんかのときはどうすんの？」

「そういう時は梅干や漬物でよろしい」

「みっともない」

「本人が好きでたべとんねん。また、黄色い沢庵(こうこ)と、梅干が一ばん、うまいのん知らんか」

「いよいよ、カンコマ、なんていわれちゃうわよ」

「カンコマ。けっこうなこっちゃないか、そういわれるのは男の腕、名誉やないかいな」

しかし私はいやだ。

私は結婚するとき、夫の柏木重男(かしわぎしげお)が「カンコマ」なんてアダナで、会社でよばれていることなど、ちっとも知らなかった。

私のつとめていた会社と、夫の会社は違う。私はお使いで、夫の会社へいって、よく待たされていた。

そのあいだ、黒い縁の眼鏡をかけた青年が、

「もうちょっと待ってて下さい」

とか、

「お茶、どうですか」

とかいって、男手で汲んできてくれたりした。その会社には女の子もいたけれど、なぜか、お茶汲みしている子の姿は見たことがなかった。夏は、てんでに男たちはクーラーから水を飲み、冬は、自分で立って淹れにいっていた。お茶汲みストでもしたのかもしれない。

眼鏡の青年は、いつもきっちりした風采をして身だしなみよく、顔立も、そうヘンではなかった。私は女のつねで、彼が私に気があることなど、すぐわかってしまった。

でも私がどうとも考えのまとまらないうちに、早いこと私の両親に結婚申込みをしにきた。

そのうち、彼の上司の課長が仲人になるということでやってきた。柏木青年は、上司が太鼓判おすほどマジメ勤勉、正直いちずの男だということで、両親の方が気に入った。父はいろいろ手を廻して調べてくれたけれど、貯金もかなりあり、郊外には小さいが土地も買っていて、田舎は鳥取の町で、悪くない家柄だし……ということで、何一つ、難くせがつけようない男だという。

私は、どっちでもいいと思って抛っておいた。すると、毎晩、電話がかかる。手紙がくる。しまいに毎夜の如く訪問して、

「ハイ今晩は」

といってはいってくる。私の妹などはおなかを二つに折って笑い、「また、ハイ今晩

は、が来たよ」といった。

彼は両親としゃべりつつ、私の顔ばかり、とろけそうな表情でながめていた。

私はわざと、頭が重い、気分がすぐれない、胃がもたれるなどといって横を向いていた。すると彼は私と同じように頭の重い、胃のもたれそうな顔をした。私が機嫌よくて鼻歌を歌っていると、彼も鼻歌をうたってスキップするようにあるくのであった。私はだんだんこの阿呆がかわいらしくなってきた。阿呆な子ほどかわいいというではないか。彼は二十九で、私はそのとき二十五だった。どこへでもつきまとってきて、私が会社の女の子と伊豆へ旅行に行った時も、駅まで送ってくる。そうして、帰ってみると、ヘンな文句の手紙が来ていた。

「男峰の見守るうちに　愛しくも
　女峰うぶな心で　旅に立つ
　ホームの別れ　うしろも見ずに
　でも大好き　心から。合掌。
　　　　　　　　　　K生」

私は気分がわるくなった。妹はその手紙をのぞきこんで、人さし指であたまをつつき、

「かわいそうに。ココがいかれてるんじゃないかしら？　この縁談は、おながれにした方がえのんちがう？」

と心配した。そのとき母が、

「そうそう、二度めの手紙が、おいかけてきたよ――まあ、弓子が三、四日居てへん、というだけで、こんなに熱心に手紙くれる人って、居らへんよ」

と、また柏木重男の手紙をもってきた。みれば母は満面に笑みをたたえていた。母は、そうまで男にもてる娘が、すこし誇らしいのかもしれないが、私はもう、柏木重男の文意不明の奇々怪々な手紙など、読むのもうとましかった。

妹は面白がってひらいてみた。

「さっきは誤字。

　男蜂、女蜂のマチガイでした。

　淋しさをえがいた僕の詩です」

　私はふき出した。

「これでもラブレターのうちよね」

と妹はなぐさめ、二人で涙が出るほど笑いこけ、しばらくの間は、私と妹の間で、

「合掌」

「男バチ・女バチ」

　という言葉がはやった。

　でもそのころはまだ、彼と結婚するつもりなんかなかった。ところがある夜、例によって彼が「ハイ今晩は」と来てくどいているとき、急におナカを押え、「ウーム、ウーム」とうなるのであった。

「どうしたの？　おなか痛？」

「二、三日前から、胃や腹が痛みますねん」

彼は蒼白になって脂汗まで浮かべていた。とうとう耐えかねたように、畳にころがって苦しみはじめた。家には女ばかりしかいないので、私たちも母も困った。

「病院へつれていってあげなければ」

母がそういい、妹は、

「公務執行中よね、一種の」

といった。そこへ父が帰ってきて、

「何をぐずぐずしてる、一刻を争うやないか、公務も私用もあるか！」

と救急車を呼んで近くの病院へ入れた。盲腸炎だったのだ。あやうく手おくれになるところだった。

私は柏木重男の下宿へ電話したが通じなかったので、電車に乗っていってみた。するとそこは私設の結婚相談所であった。

「鶴亀結婚相談所——どなたもお気軽に、二階へお上り下さい」

という看板が掛っていて、でも階下は暗くひっそりしており、声をかけても誰も出てこない。ごくふつうの個人の住宅で、玄関の上に金魚鉢があり、その上に額があって「君は君、我は我なり、されど仲よき」と書いてあるような家である。私は仕方なく二階へ上ってみたら、そこは明るくきれいにしつらえられた日本間であった。

赤い絨毯（じゅうたん）が敷かれてあって、石油ストーブがかっかと燃えて暖かく、床の間には青い波の上に赤い日の出を画（か）いた掛軸が下っていた。そうした床の間を背にして着物を着た、眼鏡の中年の女が、何か食べていたが、私を見てあわててそれを隠し、心安だてに笑った。

「まあどうぞ、おらくに。お茶でも一つ」

といい、茶を淹れつつしゃべりはじめた。

「よく来て下さいましたわね、これもご縁があったと申すものですわ、いえ、こういうことは全く、縁のものでございまして、縁がないとまとまるものもまとまりません。ええ、……ところで、どういうご縁をおのぞみでいらっしゃいましょうか、ウチはうーんと幅ひろく、いろんな方のご希望にそうような用意がございまして。いえ、こう申しちゃなんですがあなた」

女はすこし、しなをつくってお茶を出した。そのとき、女のたもとのかげから、食べかけの焼芋が見えた。

「中には、お若い方でも、うーんと中年の殿方をおのぞみになる方が多くて、まあそういう方は後添えをさがしていらっしゃるところへご紹介するんでございますが、当節は何といっても、まず、経済的安定が第一、とおっしゃる若いお嬢さんが多くて」

女の饒舌（じょうぜつ）はとぎれ目がなかった。

「この間、五十九の殿方の縁談のときは候補者が十二人も殺到して、それがみな若い娘さんばかりで大変でございました、お子さんより若い方もいらして。この角の大きなお邸の方なんですよ、このへんの地主さんでいらして。……ここらはまあ、ごくふつうの所で、三十二歳、初婚、係累なし、は如何でしょう」

といいつつ、彼女はまがいものらしい宝石の光る指で、男の写真をひろげ、私の膝元に置き、またべつの写真をもってきて、

「こちらは、三十五、母一人息子一人、まあ、それでおくれたんですわね、でももうお母さんの方は体が弱ってらして、こう申しちゃ何ですが、長くはなさそうですの、ええ、もうごくまじめな方、趣味はテレビと入浴ですって、おとなしい方ですわ。ホホホ……」

私は思わず写真を見、それらを手にとって見たくなったけれど、遊んでいる場合ではなかったので、

「重男さんが、柏木重男さんが、病気で、入院なさいましたので、お知らせにきたんです。こちらに下宿していらっしゃるんでしょう？」

というと、女は「アーラ」と非常にバツの悪そうな顔になった。

「まあ、私は縁談をさがしにいらっしゃった方かと思いました」

彼女はあわてて写真を片づけ、それは、何か品物を売りつけにきたセールスマンが、それらをしまいこむときのムードだった。

「重男ちゃんは、どんな風に悪いんですの？」

彼女は親しそうに下宿人を呼び、たいへんたいへんと口の中でいいながら、私にも階

下へ下りるように合図した。階下には耳の遠いお手伝いの婆さんがいて、その婆さんと二人で、重男の部屋から、寝巻だの、身のまわり品だのと運んできた。そうして私について病院へくるといった。私は、重男の容態が心配で、見届けにいくのかと思っていたら、

「こう申しちゃ何ですが、私、あなたをはじめてお見かけしたもんですから。重男ちゃんの荷物をおわたしするのが、どうも……。いえ、決して疑っているわけではありませんのよ」

というので、私はずいぶん、けったいな女だと思わずにはいられなかった。彼女は私とタクシーで向う道々、食べかけの焼芋をたべた。そして縁談斡旋の苦労話をした。

病院では、母も妹も帰った後で、柏木重男は手術室へ入れられていた。女は、

「かわいそうな重男ちゃん！」

と叫び、看護婦詰所の窓から身をのり出して、重男の容態をきいた。

「そうですか、心配ない？　それはありがとう存じました。ところで、あなた独り身の方ですか？　私、こういうものでございますけど、どうぞまた、お気軽にご利用下さいませ。美容師さん、看護婦さんは、このごろも、ひっぱりだこでございますわ」

と彼女は「鶴亀結婚相談所」の名刺をわたした。そして看護婦たちに鼻であしらわれて、廊下の壁に沿って置かれたレザーの椅子に坐り、じっと床をみつめて物思いにふけっていた。時々、私と視線が合うと、ニッとほほえんだ。それで私は、けったいな女で

はあるものの、気は悪くないのだろうと思った。

女はその後、柏木重男の入院中、ちょくちょく、見舞いにきて、時には私とぶつかることもあった。重男は完全看護だということで、四人部屋の片すみで一人ぼっちで寝ていた。いつもきれいに身なりを整えている彼が、ヘンに薄汚なくなり、ヒゲを生やして痩せ、私は帰ってから妹に、

「男バチはヒゲだるまになって寝てたよ」

などといって笑っていた。それにしてもどうして彼が「蜂」なんか持ち出してきたのか、詩的発想の芸術上の秘密はついに分らずじまいであった。

あるとき見舞いにいくと、看護婦さんにそってもらったのか自分でそったのか、さっぱりした顔で眠っていた。枕頭台にはむきかけのリンゴがあったり薬が置かれてあったりして、一人で病院生活をしている男の、はかないうすら淋しさがただよっていた。ふしぎに私はその時の彼を、べつにイヤな野郎と思わなくて、それ所か、何だか可哀そうな、いとおしい感じもした。

それで、片方の頬をそっと撫でてやると、彼は目をつぶったまま、

「アゲイン」

といった。あつかましい所もあるのだ。それからしばらく、私と妹は彼のことを「アゲイン」と呼んで笑った。

彼はなおると、不死鳥のごとくよみがえり、またまた「ハイ、今晩は。おたくのお嬢

さんを下さい」とわが家を訪れた。

私はその粘りにめんどうくさくなったのである。

というより、あまりにすさまじい彼の執心渇望に、

(結婚を承知したらどんなに喜ぶであろうか)

という母性愛みたいなものを感じてしまったのである。いやになったら別れたらええわ、という軽い気持もあったことはたしかだ。

女なんて、そんな気持で結婚するのがわりに多いんじゃないかという気がする。こんなにいうんだから……と、つい「ほだされる」ということはあるのだ。

女には押しの一手、というのも、ときには効果あるらしい。私はことさら、やさしい女ではないけれど、ふと、喜ばせてやりたくなって、OKすることもある。

彼はだんだん恥も外聞もないという調子でくどき、「貯金もあるし、定期にもしています……ほれ、この通り、ごらん下さい。お見せします」と、私と母に証書や通帳をもってきてみせた。

その位はいいが、しまいに、

「僕、精神的、物質的にはむろんですが、肉体的にも、弓子さんを幸福にする自信があります」

とまでいった。これは「この通り、お見せします」とはいわなかったが、咽喉(のど)まで出かかっている顔付きであった。

そのころ彼は家へくるときはたいてい、何かおみやげを提げてきた。私は気付かなかったが、母は「わりにこまかい人やな」といっていた。

たとえばめざまし時計。これはずっと前、会社の健康保険組合が記念としてくれたもの。化粧品のセット。これも、近所の商店街の歳末大売出しで福引で当ったもの。

私へのプレゼントは、財布とか、時計の皮バンドだった。妹は、「外側の入れものや附属品で、本体はないねんな」と笑っていた。が、しかし母にいわせれば、

「その位でないと、あんな若いのに貯金ができるはずない」

といい、却って信用をたかめたらしかった。

結婚してみて、はじめて彼のつましい生活がわかったのだから、私も、よくせき世間知らずである。親の援助も受けない青年が、大都会でひとり働いて金を残すとしたら、ケチにならずにいられようか。そのころ、私は彼の会社でのアダナが「カンコマ」だと知ったのだ。

「どういうこと?」

「勘定がこまかいから、カンコマ」

と彼は——いまは夫——答えた。

「いやァねえ、しぶちん、しぶちん、いうことやないの」

「いや、しぶちんやけちとはちがう」

夫の言によれば、カンコマは、しぶちんやケチのようにいささか軽侮の意味で使われ

る言葉とは全然、語感がちがうという。

どっちかといえば——倹約という意味の、「始末」という語感に近い。大阪人や京都人は「あの人はシマツな人や」とか「シマツして金のこす」などという風に使う。そして、カンコマも、やや、それに似ている。

この長い文化的伝統につちかわれた関西では、浪費・濫費、およそ放縦な経済観念は悪徳である。倹約・しまつ・カンコマは美徳として尊敬される。つまり出費に対して克明仔細に検討を加え（入費はこの限りでない）一々チェックして、かりそめにも納得のいかぬ出費は一円たりとも許さぬという、毅然たる精神のことである。

ケチとちがう所は、出すべきものは出すところだ。ケチは何によらず出さない。それは貪欲というもので、いうなら乞食精神である。カンコマの、出費のチェックの基準は、身分不相応、虚栄、虚飾、ボンヤリウッカリなどである。よって一々の出費に、虚栄ではないか、身分不相応ではないかと照合するのだ。

「そやから、カンコマは、ええことやねん」

と夫はいうが、私にはどこがどうともよく見きわめつかない。

夫は私を説得しようとムキになり、

「ええか、僕がほんまにケチやったら、女房かて貰わへんぞ！」

と叫んだ。それはそう。私はだまった。

夫は再び叫んだ。

「金ためたらええ、いうだけやったら、自分一人食うたらええねんから。食い扶持もいらん、家もいらん、こんな気楽なことないねんで。よう考えてみい」

「しかし、女房はいらない、といったって、男のひとはどうすんの」

と私もまくしたてた。

「女なしで暮らせる思うの！ 胸に手をあてて考えてごらんなさい」

「あほ。女いうたら、男はみな、女なしでは夜があけんようにおもてんの、ちゃうか？ 女なんか無うてもやっていけるわい。トルコもあるし、ヒトリでもコトがすむ」

「不潔！ そんなこと考えてんの」

「仮りに、の話やがな。カンコマとケチの違いを明らかにしているだけです。カンコマとは、出すべきときに出す。僕は結納も出した、結婚費用も出した、何でケチやねん。おまけに、人一倍、金使いの荒いだらしない女房もって苦労してる、これがケチでできますか！ 考えてみい」

こんな言い合いをして数年のちには、とうとう彼は、宝塚に家まで建てたのだから、いまや母などは、手放しで尊敬しているのである。

結婚当初、私は共かせぎをつづけていた。彼も、賛成していたのだ。

しかし私が、自分のサラリーを大胆に使いすぎるといって、とうとう、勤めをやめて、家にいるように命じた。私は泣いて反抗した。

だって彼は、

「家にいて物をシマツして使え。電気、ガス、水道も心して、料理も着るものも、ちょっと気ィつけたらずっと安上りになる。弓子がかせぐ位のものは浮くのんちゃうか」

などというからだ。そして破れた彼の白木綿のサルマタをあらい、雑巾（ぞうきん）のように縫い合せて足拭（あしふ）きにせよとか、新聞を切って台所や鏡台の油手拭きにせよとか、古葉書を折り重ねて組んで、茶瓶敷きにせよとかいう。

私は彼が一々指図するたびに、

「カンコマのばかやろう」

と激しく泣いた。夫は平然として新聞を読んで、煙草をふかしている。

そしておもむろに眼鏡をずりあげ、

「オマエは、すこしだらしない育ち方してる。ケチともったいないとはちがう。物を大切にする心。それこそ、カンコマの真骨頂なのですぞ。弓子は、元来、ものを大切にするという心が足らん。これはお天道（てんと）さんに対してすまんこっちゃと思わんか」

「思うもんか。あたしはガサガサ稼いでザバーッと使うのが好きなんだ。人の好みやから仕方ないでしょ。あんたのいうようにしてたら、あたし息が詰るわよ」

「それ、そこがいかん。ガサガサ稼いでザバーッと使うというが、物自体は、これは人間がお天道さんからあずかってるようなもんや、弓子みたいに、御飯が余った、いうたら捨て、小皿に残ったいうて醬油（しょうゆ）をほかしとったら、あずかってる人にすまん」

「合掌！」

と私は叫び、夫も笑い出した。しかし私は夫のカンコマは育ちかたにもよるのだと思うようになってきた。だって、そういう抹香くさい考えは夫一人で考え出したとは思えぬからである。

「よう考えてみなさい、これにしても」

と夫は新聞を示し、

「この高い新聞、別に読むとこもないつまらん紙クズを毎日毎夕とるということが、ケチやしぶちんに出来ますか。こんな新聞は電車へのったら何ぼでも落ちたァる。それ読んどったらすむことです。しかし家には新聞が要ると思えばこそ、高いつまらん新聞を買う。ここがカンコマや、わかったか。カンコマは出すべき時には出すのです」

しかし、出すべきときにも、出さないときがあるのだ。金ではない。

夫は割合に、夜のことが好きである。夫は元気な男で、いつかの盲腸炎以来、病い知らずであるから、結婚以来、かなり精勤である。

自分で蒲団を敷いてくれたりする。むろん残業とか、たまに仲間で飲みにいくことで遅くなるときは私が敷くが、たいてい彼がいるときは、彼がする。たいそううれしげに、

「タランタッタッ、タラタッタ……」

などと歌いながら敷く。そうして、蒲団の上に坐って、そのへんを片付けている私に、

「ゆーみちゃんのゆみちゃんったら、パイのパイのパイ!」

なんて歌う。これは早く来てチョーダイ! ということである。結婚直後は私は夫の

そんなしぐさが面白くて可愛かった。それで私も物珍しさとうれしさで、もっと、もっととせがんでいた。

　しかし夫はすむと居住まいを正し、

「それは身分不相応で浪費というもんです。大事に使たら、あと何十年も保つねんから、大切にせなあかん。これはケチでいうてんのんちゃう、カンコマでいうてんねん」

「でも、おとなりの○○さんは、毎晩やってるいうてはるわ。結婚のはじめは毎朝毎晩やったそうよ」

　と私は拗ねた。

「隣りがそやからいうて、こっちも張り合うのは、それは虚飾虚栄というもんです、そういう無駄な出費はカンコマのするもんちゃう」

　私は腹が立ったので、「無駄な出費」を二度とするもんかと決心してやった。私の考えでは、それは経済の分野ではなく、情熱の分野で、その気になったとき、「ザバーッ」と使い果たすべきもののように思われた。私はそれを訴えるために、ストをするつもりであったが、「ゆーみちゃんのゆみちゃんったら……」と歌われると、つい、ストをやりぬく勇気に欠ける。

　そういう私の気のよさと、夫のいう濫費ぐせとはつながっているのかもしれないと私は考える。もし私が気のいい女でなかったら夫とは結婚しなかったであろうし、気がいいから、つい見たものをあれこれと買いこむ。そして、私は、やっぱり、夫とくらべて、ノビノビと育てられたと思うのだ。

夫は、ときどき私の聞いたこともないコトワザを口にする。育ててくれたおばあちゃんに教わったものだそう、たとえば、ほんの三月（みつき）にいっぺんくらい、ウチへお客を呼んで飲んだり麻雀（マージャン）したりしているが、ちゃんと終電の時間までで、あとは帰す。そこもケチと、カンコマのちがい、ケチでないから客をよんで振舞うが、ずるずるに泊めたりしない所がカンコマ、夫は、

「二（ふ）タ分（ぶん）出すとも宿貸すな、というやないか」

というが私は聞いたこともなかった。

——ふたり分の金をこっちが払ってもいいから、わが家で客をしない方が、安上り、手間なしだというらしい。

夫の伯母（おば）さんが田舎からやってきたので、私は家に泊めて大阪見物をさせてやり、土産をもたせて帰したが、夫はご機嫌がよくなく、

「痩（や）せおばより、秋やぶ——やな全く」

といった。

これもワケを聞いてみると、尾羽うち枯らして何もトクにならないおばよりは、秋の藪（やぶ）の中の方が、まだしもみのりゆたかで収穫が多い、という意味らしい。ふしぎなコトワザで、いったい、夫のコトワザは、すべて物をもらうこと、トクをすること、などに関連があるようである。

毎朝、会社へ出かけるときは、

「一文もちに首かたむく」

といって出る。そのココロは、一文でも持っている方へ、おじぎしてつく、というのであるらしく、つまりこの場合は、月給をくれて生活を保証してくれる会社に「首かたむく」から、いかに体が辛かろうが槍の雨が降ろうが出ていく、という意味なのだろう。そして私がつくった弁当を持ち、私に向ってその日の分のお金を渡して出ていく。ひと月分いっぺんに私に渡すと、月末ごろにはたべるものがない位、費いこむといって、彼は警戒しているのである。

とくべつにいるときは、私はそういってもらう。四季の道具を買うこととか、まとめて食糧品を買いたいとかいうとき。彼は金をひっぱり出しつつ、きまって、

「一応は値切ってみる。わかってるね、弓ちゃん」

というが、私はじゃまくさいのと恰好わるいのとで、かつて値切ったこともなかった。

「いや、それはいかん、それが浪費というもの、かなわぬまでも一応、かけ合うてみる、それがカンコマ。はじめから、何が何でも値切ったれ、いうのはケチ。カンコマは、あちこち歩いて比較検討を加え、これこれ、いう理由で、いくらまけてほしいという。そこがカンコマの面目やなあ。誠心誠意、まけてもらうようにたのんでみてみい」

「めんどくさいなあ」

「何をいうか、ま心でかけ合えば、向うも心うごき、では商売のことゆえ、気は心だけ、

まけますということになる。『鬼もたのめば人を食わぬ』というコトワザがある」

とまた、ヘンなことをいう。

そんな具合だから、へそくりをつくるなんて思いもよらない。服をつくってもらうときはもう泣きおとしでいくより手がない。

それか、もしくは大声でどなって地団駄ふみ、

「カンコマのばか！　人ごろし！」

とありったけの声を放って泣きわめくことにする。すると彼はさすがにとび上って、私の口を押え、あわてて、

「買うたるよって、安いとこで一丁たのむ、これはケチやないやろ、みてみい」

というのである。

そのうち、彼は、婦人服や婦人雑貨をやっている知人をさがし出して、そこから買えば何割か安くなるといい出した。そうして買って帰ってくれたけれども、モグラのような服であった。（モグラなんて見たことないけど）色といいデザインといい。

私はその店の所在を聞いて、替えにいった。

そこは大阪の西はずれの町の、商店街のなかにある洋品店だった。私がモグラの服をさし出して、替えてほしいというと、五十年輩のおっさんは、

「ああ柏木さんの。そうですか、どうぞ、ええのと替えとくなはれ。どうも男の見立てと女の人の好みはちがうようですなあ」

といった。そして私がもっと派手なのをえらぶと、

「やっぱり、お姉さんの方も派手な方のに替えやはりました」

といった。

私は、私にもないけど夫に姉があるなんて聞いたこともなかった。いやな予感がした。

「姉さんて？」

「奥さんのと姉さんのと買いにみえました。姉さんの方はすぐその足で替えにみえまして、いま寸法直しして届けることになってます」

「じゃ、あたし持っていきますわ、あれは何丁目やったかしら」

「ちょっと待って下さい」

とおっさんは控えのメモを取ってきた。見るとそれは、鶴亀結婚相談所の住所であった。何となく不快な予感が募った。私はそれを持って、もとの夫の下宿へ向った。

この間は夜だったが、いまは昼間なのに、家はやっぱり、しんかんとしていた。

玄関のタタキに、夫のつっかけがあった。夫は、すこし破れた個所を丹念に皮紐（ひも）でつづり合せ、大事にはいていたが、底がちびたので私が捨てたものである。それが、いつのまにかここに来ているのだ。

なぜだ。なぜ、ここにあるのだ。

戸にリンがついているので、奥の方に聞こえたとみえる。私が黙っていたせいか、

「だァれ？　重男ちゃあん？　おかえりなさい」

と女の声が奥から聞こえた。それは、あの眼鏡をかけて、焼芋を食べていた、結婚相談所の女の声にまちがいなかった。

私は一瞬でわかった、夫は、下宿のあの女とデキていたのだ。昔、できていたばかりか、今もそうなのだ。

でなければ、お帰りなさいなどという筈はなかった。

夫はしじゅうここへやってきていたのだ。

私はだまって靴をぬいで上った。すると玄関三畳間の向うに、ニスを塗りかえ、折れた脚にクギを打ちつけた座卓があった。

あれも私が、あまり古ぼけているので外へ抛り出してやったものである。

「重男ちゃん……」

とまた、女が甘ったるく呼んだ。

私は三畳間の中ほどにつっ立っていた。そうして女とま正面からハッタと顔を合せた。

女はいつかのように「アーラ」といって、またバツの悪そうな顔をした。今日も、まがいものの大島らしい、いやにぴかぴか光る着物を着ていた。

「重男はあたしの主人ですよ。重男ちゃん、お帰りなさいとはどういうことなんですかッ！」

私は叫んで、女のとりかえたという服を顔に投げつけてやった。私は夫を愛してるなんて考えたことはなかったのに、目の前に、唇を赤く塗って「アーラ」という女を見ていると、締め殺してやろうかしらと憎くなったのはふしぎである。女が何となくだらしなく着物を着て、その下着も汚れていそうにみえたのも、腹立つ。何もかも汚ない、穢(けが)らわしい、そういえば、まだ結婚する前、彼女は重男の入院した病院へ来たとき「重男ちゃん、重男ちゃん」といっていたが、その甘ったるい口調から察することができたはずなのに、ウッカリものの私はつい、ききすごしたのであった。

「へん」

と女は首をくにゃくにゃ振っていた。

「重男ちゃんは前にここにいたんですよ、下宿してたんですよ、長いこと面倒みたんや、あんたなんかより、あたしは長いこと面倒みたんや！　どっちが長い仲や思(おも)てはるのや、あたしの方が長いんやでェ！」

「今日かぎり、重男はここへ来させませんよ、ええ、切れていただきます。このバケモン！」

「バケモンとは何や。重男ちゃんが、どれだけ、ワガママで金使いの荒いあんたに手古ずっとんのか、わからへんやろ」

いまは、女は、澄ました顔はどこかへやって、わたしに嚙(か)みつきそうに近寄り、ツバを吐きかけんばかりの近さで口をゆがめてののしっていた。

そうなると、私は貫禄(かんろく)不足であった。

とてもこんな恐ろしい女怪に立ち向っていけるだけの力量もキャリアもなかった。私は泣きながら夢中で「鶴亀結婚相談所」をとび出した。

実家へ帰ろうかと思ってもみたが、両親にこの恥をさらすのはいやなので、私はやっぱり、家へ帰って何もしないで夕方になり、夫が帰ってくるのを待っていた。

夫の靴音がきこえると、私は昂奮(こうふん)して、まるで私が悪事を働いたようにぶるぶる震えた。指の先を見ると、ほんとうに震えていた。どういって夫をとっちめるべきか、私にはまだわからなかった。何か一つ、大きな、きくべきことがある、でもそれが何かわからない。

夫はふだんとちっとも変らず、ただいま、と帰ってきた。

「今日はムダ使いはせえへんかったやろな、ゆーみちゃん。隠れんぼしてないで出てきて、チョーダイ！」

いつもはこんなことをいうと私が、あんたって人は金使いはコマかいけど、口はずいぶんムダ使いねえ、などといい、夫は、口でいうのは一円もかからんと答えたりするのであるが、今日はさすがに私は、ハラワタが煮えくり返るのでモノがいえなかった。

「あっ、びっくりした。こんなとこに坐(すわ)ってたん」

「ちょっと、ここへ来て坐ってちょうだい」

「何やねん」

「あなた、もう結婚してるんでしょ！」

「当り前やがな」

「結婚してる人が、なんで結婚相談所に用があるんですか！……何とかいうたらどやのん、カンコマ！」

夫はうなだれた。

鼻をこすって、

「しかし、何で、その……わかった？」

「そんなこというてない、あたしは、何で、あんたが、そんなことできるのッて聞きたいの、あたしのこと、合掌して好きや、いうたくせに！　あんなに熱心にプロポーズしといて、そいで、こんなことするなんて許せないと思うわ……」

私はいつかしゃくりあげていた。そうだ、夫に聞きたかった、大きな疑問は、これだったのだ。どうして、あんな熱狂的な執心ぶりで私と結婚したがった男が、その一方でこっそり、下着の汚なそうな年上の、けったいなオバサンを抱くことができるのか、そこんとこがちっとも分らないのだ……。

「ねえ、弓ちゃん、そう、泣かんといてくれよ、あやまる。いや、もう、別れるつもりやってんから……」

夫はおずおずと私に触れた。

「いやッ。触らないでよ」

「それは分るけどねえ……」

「どうしてそんなことできるのッて聞いてんの、どうして！　男ってどうして！」

私は涙に濡(ぬ)れた顔をあげてしつこくくりかえした。夫はますます、うなだれた。

「なんでッていわれても……つまり、その、カンコマのせい……」

「え？」

「つまり、ものを大事に使わんならん。ケチやったら、こんなことせえへん。わかるかなあ、捨てるのんもったいない、いう、カンコマ精神なんや……ケチなら助平ごころでつづけてるやろけど、僕のは勿体(もったい)ないという、カンコマごころ……」

美男と野獣

私と夫が並んで一つの鏡に向ったりするときがあると、(むろん作為的に向うわけではない。偶然、風呂場へバスタオルを持ってはいったり何かした時に、そうなる)夫はきまって、じーっと鏡の中の自分の顔と私の顔を見くらべ、あらためて発見したごとく、

「おッ、美男と野獣、いうとこやなあ!」

とうれしそうなニヤニヤ笑いで以て、嘆声を放つ。

美男は夫で、野獣は私だというのである。むろん、昔のコクトオの映画「美女と野獣」をもじっているのである。そして私も夫も、ずっとずっと若いころ、その映画を見たことがあった。

それはともかく、「美男と野獣」という冗談は、結婚した頃から変らないのだ。もう少し変り映えのあることがいえないのかしら。何とかの一つおぼえ、結婚十年、その間同じ文句しかいえないとは。

もちろん、私は野獣みたいなひどい醜貌ではない。ちょいとお多福なだけである。

ただ、夫は、若いころはたしかに、「水も滴る」美男であった。それはたしかである。自分で「美男」といってもおかしくはなかった。それでかえって、冗談らしくて面白かった。

夫がそういうと若い私はいつも笑った。それに味をしめて夫は毎度連発し、「美男と野獣」は私たちの愛の合ことば、平たくいうと、イチャイチャするときの一つの慣習みたいになっていた。

しかし、十年もいわれつづけていると、面白くもおかしくもなくなるのは、当り前であろう。

その上、昔は冗談で通ったコトバを、いまや夫は、本気でいっているらしい。

本気で自分を美男と信じこみ、私を野獣、とまではゆかなくても、醜女(しこめ)だ、と信じこんでいるらしい。

だが見よ、この天の配剤！

真実はあべこべに、十年の間に夫の自慢のきりょうが下がり、反対に私は、女っぷりが上ったのである。

三十も半ばをこえた夫は、肌がくたびれ、髪に白いものが少しまじり、眼の下にたるみができ、あごの下や腹に贅肉(ぜいにく)がつき、のどに輪が入って、歯と指の爪は煙草のヤニで汚れ、ここだけの話であるが、ありていにいうと、野獣に美男をかけ合せたらこうもあろうかという、凋落(ちょうらく)ぶりになったのだ。

そして私はというと、どう見ても昔より美しくなったんだ。これはタシカだ。

醜女のありがたい所は、目鼻立ちに凹凸が少ないだけ、シワができにくく、お多福というのは年齢不詳の若い顔である。

それに中年になって、少し肥(ふと)ったので、白い肌がハチきれそうでシワもシミもなく、ツヤツヤと輝やき、若いときより却(かえ)って若々しく、よっぽど夫より見よい（ように思う）。

それを、オロカな夫は気付かないのだ。

そして、いつまでも昔のままに、自分のことを水も滴る美男と信じ、私をオタフク、オタヤン（お多やん、のことで、大阪弁ではお多福はおたやんという）、野獣とよび、悦に入っている。

その冗談が、冗談で通らず、本人は本気になっているのも分らない。

「こら、野獣！　水もってこい」

だの、

「水を入れてこい、野獣！」

なんていうので私はかっとして、

「野獣はどっちなのよ、目ェどこについてんの、あんたの方がよっぽど野獣に近いわよ、あたしはこれでも女ですからね、以後、野獣なんて、いわないで下さい！　失礼やということがわかれへんの、このボンクラ！」

と叫んだ。

そういうとき、夫のいい所は、ビックリしてみるみる、萎縮(いしゅく)することである。却ってカサにかかってどなりつけるというようなタイプの男ではないのである。

昼間の朝顔のごとくつぼんでしまって、口の中でモゾモゾと、「すんまへん」なんて

いう。そして耳をかきかき、妙に深刻気に、

「そうかァ……やっぱり、女のプライドにこたえてたんやなあ。僕が、野獣というたんびに、オマエ、本当は腹に据えかねとったんやなあ」

などと、したり顔でいう。

片腹いたい。

そんなこと、今更らしくいうまでもないことだ。

そんなことさえ分らぬ、抜けた所が夫の本質なのだ。

そして夫のおかしい所は、そのデリカシイのない自分の欠陥を省みるよりも、私の、「女のプライド」を発見して感慨にふけるという、見当ちがいをする点である。

「やっぱり女は、野獣なんていわれると、腹立つのんか、そうか」

なんてひとり、うなずく。昨日や今日、結婚したのやあるまいし、何年、女とつき合っているのだ。

女は、甲斐性がない、根性がない、生活能力がない、と罵られても、ヘラヘラ笑っているが、オタヤンだ、野獣だ、といわれたら、決然とマナジリを決して起ち上る。そんなことも、わからない夫である。女の容貌をあげつらうには決死の覚悟が要るのである。

私が、昔、「野獣ちゃん」といわれてニコニコ笑っていたのは、夫の揶揄の中に、愛情を見つけたと錯覚していたからだ。そして、夫を、ほんとに美男だと、心から感嘆して素直になっていたからだ。

でも、今はもう中年、彼は昔の彼ならず、である。

「美男と野獣」なんて彼のコトバに、私は優越感やうぬぼれをかぎわけるようになったのである。

しかも、若い時ならいざ知らず、中年になって男もそろそろ社会の中堅になろうという時に、いつまでも美貌自慢というのはゆるせない。もう、いいかげんに卒業してほしい。

かつまた、女の真の美しさにも目ざめてほしい。整形美人みたいな美人ばかりに気をとられず、女の個性美をみとめてほしい、と思うものだ。

いい年をして、夫というのは何という、幼稚なる男であろうか。結婚十年、いまだに私のことを、オタヤン、野獣と信じているあほらしさに、私は正直、失望落胆し、愛想をつかす所があるのである。

しかし私がいっぺん怒ったので、それから彼は、あまり「美男と野獣」を連発しなくなった。

すこし、こたえたらしい。

だが、こたえたということと、彼の信念とは別である。内心はあいかわらず、自分を男前と思い、私を野獣と思っているらしい。

いったい、こんな美男をどうやって私がつかまえたかというと、ふしぎなことに平凡な見合なのである。

「これは男前の人や」

と母が見合写真を見て感心し、私が心をそそられて見合の席に出かけてみると、眉目秀麗という形容がピッタリくる好青年が、私を待っていた。その頃は今みたいに男くさい、暴力団ふうな、やくざっぽい男は、はやっていなかった。ジェラール・フィリップかアラン・ドロン、ジャック・シャリエとか、ジェームス・ディーンとか、どこか一抹の甘さや典雅なやさしさのある男が受けていた。その青年は、時代の好尚に適った美男ぶりで、すずしい張りのある眼もと、やさしく引きしまった口もと、何かこう女ごころをくすぐるような、母性本能を刺戟されるような風趣があった。

ただ、紹介されて、おじぎしたり、私を見たりする動作に、ちょっとクネクネした、優柔不断な感じがあったが、若い娘の私は、彼の甘い美貌にすっかり、心を奪われ、ほかのところは目に入らないのである。

こんな美青年は、見合でなくても、どんな女の子ともすぐ恋愛できそうに思えたが、

「いや、僕、わりにうるさいんですねん、女の子の好みが強うてね」

と青年はいった。

「美人というのは、頭が高うていやです。また秀才の女の子いうのもつき合いきれんです。どっちも中位のがよろしい」

私は腹も立たず、それなら合格圏内に入るではないかと胸とどろかせた。

「女の子いうもんは、何か、自慢なもんがあると、それを武器に男と張り合おうとしま

すなあ。そんなもんが何もない、自信ない子の方がよろしい」

　まだ、腹が立たない。私なら、何も取得がないから、彼のいう条件に、打ってつけだと考えたりしていた。

「女の子とつき合うと、すぐ、結婚してくれるの、どうするの、とうるそうてね。結婚恐怖症になりました、ハッハッハ」

　私はさもあらん、と熱心にうなずいた。こんな美男なら、女の子はみな、独占しようとやっきになるだろう。

「いっぺんお茶にでも誘ったら、もう大変です。自分に気があると誤解して、人目もはばからず、つきまとったりする。気軽に声をかけると、もうノボせて、会社の帰り、玄関で待ち伏せたりする」

　私は一々、尤(もっと)もであると耳をかたむけた。美男には美男の煩しさがあるものだ。

「一度などは、僕のために自殺未遂の女の子が出ましてね。日記に僕のことをめんめんと書いたりしましてね。しかも、僕はその子の手も握ったことがないのに、その日記の中では、僕は彼女と離れられない関係になってて、しかも彼女を捨てたようになってる。――つまり、僕とのことを空想するあまり、創作してたんですねえ」

「まあ！」

　私と、私の母は感嘆して声をあげた。そして私はあらためて、まじまじと彼を見た。いかにも日記の中で、架空の悲恋の対象にされそうな、夢をそそる顔立であった。

美男にしろ、美女にしろ、その美しいさかりの時代は、じっと坐っているだけで、ロマンチックな雰囲気をまき散らすものである。

「そんな、こんなで、もう、うるさくなりまして、女の子とは、あまりつき合ってません」

と青年はいい、仲人の夫人は私たちに、

「こんなきれいな方でいらっしゃるのに、ほんとにまじめで、何ひとつ浮いた噂がおありにならない、お堅い方ですのよ」

と口を添えた。

この縁談は、べつに成立する見込みとてなかった。しかし私は必死になった。どんなにしても、この美男を獲得しようとやっきになった。

私は彼の好みに合せようとし、彼をいつもほめそやして、いい気分にさせ、頼っているようにみせ、惚れているようにみせ、彼の気に入るような女になろうとした。私は色々考え、彼は気やすい状態で、からかうことのできる女の子が好きだと、看破した。

それで私は、私の容貌やら、性質やらを考え合せ、ぶきりょうなオタヤンであるが、陰気くさくない女の子になろう、ときめた。

そうして、しきりに私は自分で、「オタヤン」「オタヤン」を連発した。

彼はしまいに、私に、自分でもそういうようになった。

「オタヤン転倒ても鼻打たん――」

という俗謡が、昔から大阪にはある。

何度めかのデートの時に、彼はとうとう、

「可愛らしい、オタヤンの鼻。こけても打たんでいいから好きです」

と、私の鼻のあたまにキスした。そうして、結婚しよう、といった。

そのとたん、私のあたまに閃いたことは、この美男子を、あっちこっちにつれ歩いて自慢することであった。

これが私の夫です、この美貌をみて下さい、この美男子が、私を妻にしたのです、と屋根の上へ上ってメガホンでどなることであった。

彼と婚約して、有頂天の私は、さっそく彼をつれ歩いて見せびらかした。会社の同僚も学校友達も、みな、彼を見ると、びっくりして見とれ、ドギマギして赤くなり、それから彼が何かいうと、はしゃいだ声を出して、うれしげにしゃべり出す。

私はそれを、深い優越感でながめていた。彼女たちの気持がちゃんとわかったから。

私は、私の夫となるべき男——徳本明に、みんなふわっとなってしまうのを、横から見ているだけで、甘いキャンデーをしゃぶるようにみちたりて楽しかった。

若い娘だけでなく、年寄りもそうで、祖母と、その姉の大伯母の所へ彼を連れていくと、寝たきりの大伯母など、おどろきのあまり、起き上ってしまった。

「林長二郎だすなあ、これは」

と大伯母は、感激の涙を浮べ、

「長二郎はんや、長二郎はんや」

「いんや、先代の成駒屋はんやで」

と老婆二人は年がいもなくはしゃぎ、

「カヨ子みたいな、ぶさいくな子が、ようこんな男前をつかまえたもんや！」

と感嘆した。

「ぶぶ漬けでも食べていになはれ」

「いんや、一杯のんでいきなはらんか」

年寄りたちは私らをすすめて、無理に酒を強い、小さく切ったカズノコと卵やきをオカズにして、彼と私に酒をつぎ、

「ハア、こないな若い男前、前において飲むと、顔のシワが伸びるようやおまへんか」

「腰の曲ったたんも、まっ直ぐになりまんがな」

二人で手拍子を打って「道頓堀行進曲」を歌い、おどろいて伯父たちが様子を見にくるしまつだった。

年寄りだけでなく、知識階級の女性にも、彼はモテたのである。

私の伯母の一人に、大学の女の教授がいる。独身で豪華なマンションに住んでいて、いつも忙しがっているのと、偉すぎるのとで、親戚中、何となく敬遠しているインテリである。先生というアダナである。

「先生」の伯母は、明を見るが早いか動揺し、

「ま、この人がカヨちゃんの。——そう、男前やありませんか！」

と叫び、

「どうぞ、こちらへ。いまヒマなのよ」

と珍しく、中へ招き入れた。

「こっちへいらっしゃい、こっちへ」

先生は空色の絨毯(じゅうたん)を敷いた客間へ案内し、窓をあけ放ち、

「お酒がいい？　コーヒイ？」

などと一人で世話をし、つくづくと彼をながめて、

「ほんとに、本郷義昭を甘くしたような男じゃない」

と笑み崩れた。

「いいえ、僕、徳本明といいます」

明はふしんげにいった。

「あら、ちがうわよ、本郷義昭はね、小説の主人公の名前。『亜細亜(アジア)の曙(あけぼの)』という小説なのよ」

「あけぼの湯がどうかしましたか」

と、私は、家の裏にある銭湯のことをいった。この女史は、われわれ凡人には時々、わけのわからぬことをいう。

女史は更に、マンションの一階にあるすし屋から、すしを取ってくれ、破天荒なこと

に私に「結婚祝」までくれて、明に向って、

「ね、たびたび遊びにいらっしゃいよ、ごく気楽に来て下さればいいわ、あたし、いつだってヒマで退屈してるんだから、話にきて」

といった。私はかつて、この伯母さんに、そんな愛想のいい言葉を聞いたことがなかった。

彼女は私たちを玄関のドアの外まで見送り、ついでにすし屋の容器をドアの外へ置いて、

「またね、さようなら」

とにっこりした。そしてまたひきとめ、

「おめでとう、二人で仲よくやりなさい」

と握手したが、明の方は力こめて握りしめ、私の方はすばやく儀礼的な気がしたのは、私のヒガ目だろうか。

でも私は、こんなえらい先生でも俗物、凡婦と同じく、男前によわい、ということを発見して、いささか得意になったりしていた。そして美男に向う女の人が、例外なく、はしゃいで陽気になったりするのに気付いていた。

ところで今思うと、明が、私のひっぱる所、どこへでもついてきたのは、彼自身も女性たちに与える影響をたのしんでいたのかもしれない。

帰る道で、

「あのおばさんは中々、愛想がええなあ」

とほめる。

「あら、今日は特別よ。いつもあんなこと、ありませんよ」

私は熱心にいった。

「あなたのせいよ、きっと、あなたに好意持ったからやないかしら」

「そうかなァ」

「そうよ、あんな嬉しそうなおばさん、はじめて見たわ」

「ふーん。いつも、あんな風じゃないの」

「えらい違いよ、あたし一人のときは玄関から上げてもらわれへん」

というと、彼は、わが意を得たように笑う。

私は彼が、そんな笑い方をしても、ちっとも気にならなかった——若いということは、じつに蒙昧なものだ。

結婚式で、おどろいたことが一つあった。

彼の母と妹が郷里から出て来たが、二人とも私の期待したような美人ではなく、まさに平家ガニが黒の留袖、裾模様を着けている按配であった。そして妹は結婚しているので、連合いと赤ん坊を携えていたが、その赤ん坊もまた、小型の平家ガニであった。式のあいだ中、小型の平家ガニはそっくり返って泣いた。

彼に似た人は親類で一人もいなかった。私は、彼の美貌は突然変異なのではないかと

考えた。つまり、先祖代々の由緒ただしき美貌でなく、狂い咲きみたいなものである。しかし狂い咲きにしろ何にしろ、

「こんな、きれいな婿さんはじめてや」

という私の身内の賞讃で、充分、私は満足だった。

新婚旅行の先々で、夫は快活であった。

「あの売店の女の子、あなたばっかり見てたわ」

と私がいうと、夫は、

「うん、知ってる」

といった。夫の快活の原因は、こういうところからくるらしかった。尤も、それがわかったのは、あとになってからである。

白浜は新婚旅行客で、いっぱいだった。中には、どちらも美しい、みとれるようなカップルもあった。夫は見送っていた。

「あんな美人の奥さんもらいたいでしょ」

私が拗ねると夫はまじめに、

「いやいや、僕はかなわん、美人なんか。君の前やったら何かおちつくねん。のんびりするねん」

といった。(これもあとで考えてみると侮辱である)

「それよか、あの男と僕と、どっちが男前と思う?」

なんて私たちはふざけて喜んでいたが、あんがい夫はマジメでいっていたのかもしれないと、これも後になって思う。

旅行のあいだ、私は発見したけど、彼はとても人を、というより女を使ったり、モノを頼んだりするのが巧みだった。

「ごめんなさい」

と彼がかきわけると、女の子たちはさっと道を開いて通したし、

「おねがいします」

と片手おがみすると、写真機のシャッターを押すために、女の子が争って殺到した。

「ねえ、ここを行くとどこへ出るのかな」

と売店の女の子にきくと、彼女はわざわざハキモノをつっかけて立って来て案内したりする。土産物屋の女の子は値引きし、観光バスの少女ガイドは、ながいこと、待っていてくれたりした。

温泉歓楽街の宿屋らしく、バーにも、少女バーテンがいたりして、

「君、ここの白浜の人？」

「いいえ、大阪からきました」

なんて夫は聞いている。

「そうか、それでどっかで会うた気ィしてん」

あっちを向き、こっちを向いている間に、夫は女の子と、すっかり仲よしになっていた。そしてそんな夫を見るのは、私にとってもわるい気はしないのだった。みんな女の子が夫に将棋倒しになる、それを見ているのは間接的に私が注目のマトになっているようで、愉快であった。

結婚してからも、それはつづいた。それはしかし夫が、そういいながら本式の浮気にまで発展しないせいである。結婚前に仲人(なこうど)が、「堅い」といったのはほんとで、女の問題を起したことはなかった。

「あんな美男子だと、心配でしょう」

とひやかされたりしたけれど、夫はその点はごくまじめであった。結婚以来、夫は商売女にしろ何にしろ、かつて女と交渉を持ったことはなかったと信じている。

若い頃の私は、ひとえに私への愛情のせいだと思って喜んでいた。

私は夫に恋していたのかもしれない。目の前でものをいったり食べたり、服を着かえたり、新聞を読んだりしている夫を、いつまでも飽かず眺めていた。どんな恰好(かっこう)の夫も大好きで、結果として私は幸福だった。それで、夫がちっとも浮気した様子がないのにうれしがっていた。

でも今思うと、どうも彼は、ちょっと見には女を魅了するけれども、浮気したくなるほど、女をまきこむ力はないのかもしれない。

浮気は、顔でするものではないからだ。

（これも、あとでわかったことだ）

二年めに、子供がうまれた。女の子で、女の子だから夫に似て美人だろうと思ったのに、似ても似つかぬ、ぶさいくな赤ん坊だった。

「カヨ子に似とるんですわ」

と夫は誰かれにいうが、私にいわせれば、平家ガニの、まさしく一族なのである。あの小型平家ガニに、娘のすず子はソックリであった。

しかしあたまの中身は、これは私に似たと思う。すばらしくかしこい子のように思われる。

（ええわ、女の子はあたまさえ良ければ、どんな男でもつかまえられるわ）

と私は思った。すず子はかしこいばかりでなく、気のやさしい、親の心の慰めになる子供だった。

夫はすず子を可愛いがるけれども、やっぱりそれ以上に、自分が気に入ってるみたいだった。おしゃれで、服装はいつもきちんとしていないと気がすまない。

夫の会社は大きな商事会社で、名は通っているが、給料はきわめて安い。しかしそれもあまり夫は気にならぬらしい。人間が多いので、出世の番も中々廻ってこない。夫は夙うにあきらめているらしかった。けれども、美男子としての夫の名声はもう何年か、会社でも不動のものになっていて、ある日彼は、転げるごとく帰宅し、叫んだ。

「おい、えらいことになった、僕、テレビに出んならんねん！　オマエに早よ聞かしたろ、思て走って帰った！」

夫が、私のことをオマエといつしか呼ぶようになったのと同じく、私も夫のことをアンタと呼ぶようになっている。

「へえ、あんたがまた、何のテレビ？」

「ＣＭや、ウチの会社の傍系の洛陽土地あるやろ、マイホームのＣＭやっとる……」

「ええ」

「あのフィルムに出るねん……」

夫は江戸から早駕籠で、赤穂へ着いたサムライの如く、息つぎに水を飲んだ。

「なんでまた、あんたが出んならんのん？」

「部長にたのまれたんや、いや、いわれへん」

夫はそう言いながら、顔は迷惑そうでもなかった。

夫のＣＭフィルムは、いやに白々しい豪華な新築の邸から出て来、思い入れよろしく家を見上げ、門の所で手を振っている女と少年に、同じく手をあげてこたえるというものので、たぶん、サラリーマンの朝の出勤風景にみせたＣＭなのであろう。しかし夫の顔はこわばり、あまり思い入れがすぎて、何か流刑囚が、配所へ流される朝のように悲壮感さえあった。

「パパ？　これ、パパ？」

と、私の横で見ていたすず子が、疑わしそうにいったくらいである。

夫がふり返ったり手を上げたりしている間、コマーシャルソングが流れていた。洛陽土地のテーマソングは浪花節(なにわぶし)である。

「家もいらなきゃ妻子もいらぬ
それが男の道じゃやら
そうはいうてもやっぱり欲しい
洛陽土地の 洛陽土地のマイホーム」

私は二度と見る気がしなかったが、夫の話では好評のCMだったそうである。まあしかし、その頃までが夫の美男子ぶりのピークであろう。そのあとはそんな話もなく、帰ってくるなり、

「聞きなさい、今日は会社の女の子が……」

という自慢も、あまりなくなった。女の子たちは、よわい三十を越え、一児の父となった係長なんぞ、問題にしないらしかった。今ではもう、若くてイキのいい青年社員がいっぱい満ちていた。

それでも夫はやはり自分では美男だと信じているのである。そして、会社の部下や友人が家へくると、私のことを、

「ウチのオタヤンが……」

などと話す。

「この上の階の奥さんは僕に気があるのとちゃうかしらん。どうも顔合せるたびに、い

ろけのある目付きで挨拶する」

「それはきっとそうよ、やっぱりもてるのね、あんたは。気になるわ」

私がそういうと彼はイヒヒ……と笑う。これも久しいものだ。そして私はこんなやりとりに死ぬほど退屈しているのを彼はちっとも気付かないで、

「おい、このローションとりかえてくれ。いやにヒリヒリして肌が荒れる」

などといい、鏡の前でしばらく顔をこすったりはつッたり、している。男の顔なんぞ、赤ムケになったって知ったことではない。お肌が荒れるもないものだ、と思う。

彼は自分で靴を磨き、服にブラシをかける。それからテレビを見て食事をし、新聞を読んで眠る。ときに、すず子の勉強を見たりする。判で押したような生活である。そのあいまに、

「〇〇の女房はじつにぶさいくな奴でなあ」

「××の女房は別嬪らしい」

と容貌のことばかりいう。

「オレは役者になった方がよかったかもしれん、道を誤った」

「そうねえ」

「このくらいの芝居はオレにもできる」

とテレビを見つついう。私も口を合わせ、

「きっと有名なタレントになってたわ。あんたやったら」

「しかし、タレントになってたら、オマエみたいなオタヤンなんかと結婚してない」

「そうかもしれへん、もっと美人と華やかな結婚をしてたでしょう」

「オレが役者にならなんだのが、オマエの幸福や」

役者だって浮気と同じく、顔だけでできるものとは限らないのである。

夫の旧い同僚が次々に課長になった。といったって、まだ係長で止まっている人の方がずっと多い。

何しろ大きい会社なのだ。少々のことでは目立たない。夫はみずから慰めるごとく、

「しかしオレは目立ちすぎた。目立ちすぎても具合わるい」

「美男子すぎたのね」

と私はうなずく。夫は、私がいまだに彼の美貌にいかれていると思っているのだ。

でも、美貌というのは、私はこの頃気付いたわけではないが、じつに見てて飽きるものだ。

よっぽどそれを上まわる人間味の面白さがないと、つまらない。同じことをし、同じようなことをしゃべり、十年一日の如く同じ手順で愛を交すのに、私はもうアキアキしてしまったのだ、いくら美しくても。ではなぜ、私に、夫が、アキアキしないか。美貌にあきるなら、どうして同じように醜貌にも飽きないか。

彼は毎日、まっすぐに家に帰り、

「聞きなさい、今日は駅前の八百屋のおばさんが僕を男前の旦さん、いいよった」

とか、

「僕は今日、フランスの何とかいう俳優に似てるいわれたけど、ほんまかいな。その俳優の写真ののったァる本、あらへんか」

などと私をつかまえていうが、十年私をみていて、なぜ飽きないかというと、それは私が醜女だからである。

彼は私に対して飽きずに暮らしていて、そしていまだに私が彼の美貌に首ったけで、二人とない美男子と結婚したことを嬉しがってると信じ、自分のことを醜女だと思いこんでいると思っている。

そう思っている人に、今さら、その信念をぐらつかせることはないわけである。

ただふしぎなことに、この頃、彼の美貌が衰えるに従って、彼の故郷の姑や義妹に似てきた。

それと共に、すず子にも似てくる気がする。

もう十年もしたら、完全にホンケがえりというのか、平家ガニになるのかもしれない。

夫はやはり「あひるの子」の一人で、「白鳥」ではなかったのである。

私がそんなことを話す相手は、誰もいないから、いつも腹の中で考えているだけだ。

そして醜女というもののありがたさは、にこにこしていれば、あまり賢いことは考えてないんじゃないか、という印象を与え、人を無警戒にさせることだ。

相手を無警戒にさせといて、こっちは武装してるなんて、たのしいことだ。

そんなことを考え、日傘をくるくるまわして、その日もマーケットから帰ってきたら、目の前に車がとまった。

「暑いでしょ、乗りませんか？」

と若い男がいう。この青年は、私の住んでいる文化住宅のうらの、自動車整備工場に勤めている。工場のもち主は、文化住宅の大家でもあって、私は顔見知りである。

青年はいつも、「寝冷え知らず」のような上下つづいた作業着を着て、泥まみれ、油まみれになって働いている。シートを敷いて車の下にもぐり込んだりしているときもある。

しかし今日は小ざっぱりしたシャツで、うしろに荷台のあるワゴンを運転していた。

「帰る所ですよ、どうぞ」

というので、乗せてもらった。

青年はジャガ芋を石で叩（たた）きつぶした、というような、ドカヒョカした、でこぼこの顔をしていた。

まだごく若く、二十三、四ぐらい、当節にはめずらしい屈強のがっちりした男で、昔あった「壮丁」という言葉は、こんな青年のことをいうのであろう。

眼が細くて頬骨が高くて唇がごつい感じでつき出ていて、額が高く、どうみても美男とはいえない。

しかし私は、そう思ったとたん、急に胸がドキドキした。

なぜ私が、今まで、この青年をおぼえていたか、わかった。私はかねて、この若者に、ひかれていたのだ。

ジャガ芋に石をぶっつけたような顔が、気に入っていたのだ。

青年はむっつりとだまって運転する。そこも、よい。

「こんど、駅の南にマーケットが出来るそうですね、そうすると遠くまで買物にいかなくてすむわ」

と私はいった。

「そのマーケットのとなりに、ボーリング場ができるそうよ」

「ハア」

「あなた、ボーリングするの？」

「します」

「強いんでしょうねえ、一ぺん、おしえてほしいですね」

「いや。そんなもんではないです。ほんの初歩」

「あなたは、お国は九州ですね、アクセントでわかるわ」

「そうです。わかりますか」

「大家さんがそうですもの、耳に慣れてるの」

「ハア。同じ村ですから」

話しているうちに着いてしまった。

そのあと、私は、青年の働いている工場の前を通るたびにドキドキするのが例になった。

それは、あのぶおとこの青年の顔が、たまらず好もしくなったからである。

青年の顔には、ぶおとこのプライドや悲しみ、みたいなものが強く流れていた。しかも田舎育ちのような質朴さがあって、それを強く支えて、甘ったれた所のないのも気に入った。

青年は、夜、近くの銭湯へいっていることもある。私が夫のために煙草を買いにいったりすると、ときどき、会う。工場の休みの日は、親方の風呂もないので、銭湯へゆくということだった。

夜、街灯の下で見る青年の顔は、大げさにいうと、フランケンシュタインが、千振りのにがいのを嘗めさせられたような感じであった。

しかし私は、そのぶおとこぶりに、ますます執着した。ぶおとこというものは、何というセクシーなものであろうか。それにくらべ私は、ほんとうに、夫の、しけた美男ぶりが鼻についてきた。夫に抱かれているときに、千振りをなめたフランケンシュタインの顔が浮かび、私は思わず取り乱して、

「ヒャー、びっくりした」

と夫を驚かせた。

「どないしてん、何年ぶりやがな」

「あんたが、男前すぎるから、あたし、いつまでもそのたんびに感激するのよ」

私がいうと、夫は心なしか、鼻の下を延ばし口元をひきしめ、おなかをひきしめたように思われた。そして、

「このあほ、もう何年一緒にいてるねん」

と私のおでこをつついたが、それは、ずいぶん、うれしそうでもあった。

私はそれから、夫とのときは、いつもフランケンシュタイン、（又はジャガ芋）を思い浮べることにした。

従って、青年は、妄想の中では、もう、かなり私に犯されてるわけである。

私は、にんまりして、何くわぬ顔で、

「こんにちは……」

などと挨拶して通るのである。

大家さんが何かの話のついでに、

「あの子にもええ嫁はん見つけて、こっちで身の立つようにしてやろう、思てます。よう働いてマジメで、腕の良え子ですが、どうもあきまへん」

と私にいった。私たちは立ち話をしていたが、つい気になって、私は聞いた。

「あきまへん、とは何がですか」

「嫁はんの来てがおまへんにゃ」

大家さんは五十五、六のがらがら声のおっさんである。働き人らしい、腕力のありそ

うな赤ら顔のおっさんである。

「この頃の若いオナゴは、見てくれのええのんばっかりいいよりましてな」

「なるほど」

「美男や男前ばっかり撰るさかい、あの子みたいなんは、なんぼ腕が良うても甲斐性あっても、気立てようても、見向きもしよらん。かわいそうに」

私はうれしくなった。

そう誰も彼も、ぶおとこ好みになられてはつまらない。

それに私は「この頃の若いオナゴ」を一緒になって責める気にはなれなかった。私も昔は、美男好みだったではないか。姿のいい、美男の夫に、ひとめで、ぼうっとなったではないか。

「奥さんも心がけてやっとくんなはれ、奥さんとこみたいな仲のええ夫婦になれたら、あの子も幸福だす」

「そりゃ、今にきっと、ありますわよ、いいお嬢さんが現われますよ」

私は、それから大っぴらに、青年と会えるようになった。縁談のことで、というと、大家さんは青年を呼び出し、彼は、

「もう仕事終りますから、あとで伺います」

なんて大声で、車の下から叫ぶ。

その油に汚れたジャガイモ崩れの顔が何ともいえない。

私は片足ずつ飛び跳ねたいぐらい、うれしい。

夫が、ただいま、と帰ってきた。

「おや、何かうれしそうやなあ」

「全く、あんたって、いつ見ても男前ね」

「そう、食べてしまいたいような顔をして見るなよ」

と夫は、言いながら奥へはいる。

「今日、すず子と二人でご飯たべててね、すぐ帰りますけど、大家さんとこの工場の兄ちゃんに縁談があるので、伝えてくるわ」

「ふーん」

と夫は気がなさそうにいい、すず子は、

「あの兄ちゃん、けったいな顔の兄ちゃん」

といった。

「いけません！　人の顔のことなんか、いうのではありません！　人のねうちは、顔とちがいます」

私は、整備工場へいそぎつつ、（浮気は顔でするのとちがう）とも思った。

そうして、夫のいろんなこと、癖のさまざま、過去の言動につき、いっぺんに、悟るようなところがあった。

私が（あとで考えると……）というのは、このとき考えたことをいうのである。

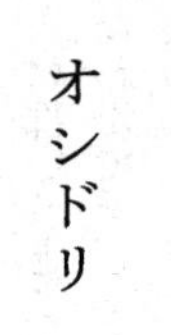

オシドリ

このところ、夫の帰宅がいつも遅いから、私はかなり、内職ができるようになった。

夫はたいてい九時ごろである。

それでも早いほうで、十一時十二時なんてときも珍しくない。課が変ってから仕事がいそがしくなったうえ、接待が多いんだそうだ。

接待なんて、夫にできるのかね。

「資材部いうとこは、むつかしィてな、また取引先の会社のヤツ、よう飲みよんねん、かなわんでェ、そら」

なんてえらそうにいっているが、夫は酒がのめない人間で、ちょっと飲むとまっかになり、金時が発熱に苦しんでいるような感じである。だらしない。

それにもまして、夫は人前でしゃべれない男である。

男というものは、会社でしゃべっていても自宅では口をつぐむのがふつうだそうだ。

それを、ふしぎや、夫は、家の中でスラスラ、シャーシャーしゃべるが、外ではおとなしいらしいのだ。

何年も前、結婚したてのころ、夫はよくしゃべっていたので、会社でもそうかと思っていたら、会社の友人が遊びに来て、

「植田くんはおとなしいよってな」

　といった。誰のことかと思ってたら、そののち、おいおい、夫は外へ出ると口重なのだとわかった。団地の自治会なんかへいっても、ハアハア、というだけで発言せず、たまに口をひらいたと思うと、

「あ、それは僕の傘です」

　というような言葉であったのだ。

　夫の植田正治は四十一歳、化学会社の課長であるが、課長といったって、課員は六、七人というところである。

　こういう口下手、口重、気が利かなくて非社交的、すこしぬけてて、気弱、というような男が、人を接待なんてできるのであろうか。招いた人々の間を泳ぎ廻り、叩頭し、

「やあやあ。ともかくおひとつ」

　と酒をついだり、

「いつもおせわになりまして、どうもどうも。いやア、さいですか、では頂きます」

　などと酒をつがれたりしてる光景は想像もつかない。

　それに、童顔で、まん丸い顔をしているから、ちっとも重みがない。

　酒をのんで赤くなったら、男の中にはなまめかしくなる人間がいるそうだが、夫は滑稽なだけである。

　あたまは禿げて後退し、まるい頭頂が前からうっすら見えるから、ますます丸顔にみ

いる。
え、どこからが頭で、どこからが顔かわからない。そこへ、丸い黒ぶちの眼鏡をかけて
体つきは大きいが、中身ががらん洞な感じで、要するに何となく頼りなげな、心許な
さそうな感じがするところが、正治の特徴である。
しかし、本人はそうは思わぬらしい。結構、酒席の接待にいそがしく、ばりばりと仕
事でもこなしているように思っているらしい。
しかし、もし、ほんとにこなして仕事している男なら、あんなに克明に会社の仕事を
しゃべり、グチをいい、ワルクチをいい、上司に人を見る目がないと罵り、あんな会社、
やめたいと立板に水のようにしゃべるかしら。
毎日、私は三十分、夫のグチをきかされるのである。
最後にきまって、夫は会社を悪しざまにいい、
「ああ、やめたい、あんな会社」
という。そこへおちつかないと、寝られない。
きかされる身にも、なってみろといいたい。
夫の帰宅は足音でわかるのだ。
重装備で十キロ行軍させられ、やっと大休止になった兵隊のように、ノロノロと重い
靴音をひきずって上ってくる。
それは、一階下の清水さんのご主人のように、飛ぶが如く階段を二段とびにかけ上っ

てこいとはいわない。清水さんは新婚さんの、若々しいさかりの青年である。夕方、バス停から走るように帰ってきて、鼻唄で二段とびにかけ上るのである。

二十七、八の青年と四十一の中年と同日には談じがたいが、それにしても、夫はあまりにトボトボと歩きすぎるみたい。

足をひきずって帰って来て、三階までやっとあがり、わが家のドアの前で靴音はとまる。

それから、ドアのノブに手をかけてカチャカチャして、ブザーを短く鳴らす。ブザーだって、夜のよ中はひびくのだ。自分で勝手に開けてはいってくればよいのに、私がドアを開けなければ承知しない。

「自分のキイで入ってよ。遅くなると、私、寝てるかもわからへんわ」

というと、大むくれで、しばらくモノをいわない。

だから、うるさい男であるのだ。すぐふくれる。プーとする。

しかし私は、小学五年生の美沙子を朝はやく起したり、朝食の用意をしたりで、いつまでも夜おそくまでつき合っていられないのである。音をたてないように、そーっと、自分のキイをさしこんで、勝手にあけて入ってくればいいのに。

私がすこし立つのがおくれると、

「オイ、オイ」

と呼ばわる。それからまたブザー、ドアをノックする。何さまのお帰りだと思ってるのだ。帰宅したてはいつも不機嫌。

「おそい。早(はよ)う、あけんかい」

と玄関で文句をいう。

夫はきんきん声である。そして早口のほうである。

靴を八の字にぬぎ、あわただしく上る。上って、居間を通り、さらに台所へいくまでのあいだに、一つずつ身についたものを脱いで、そのへんへ散らかしてゆく。だから夫が帰ると、台風で屋根がとばされたあとみたいに、服、靴下、ネクタイが、あっちこっちへ散乱する。

私は十何年、それを叱りつづけているが、癖とみえてなおらない。いや、なおそうという意志がないのだ。甘えているのだ。

便所へはいる、出てくるとスリッパはこっちむきに八の字。歯みがきのチューブの蓋(ふた)は、自然にくっつくものと思うらしい。

「めしにする」

「あら、接待や、いうから用意してません」

「それで女房のつとめがつとまるか。腹がへったんや。接待なんか、こっちは何食うたかわからへん」

「へえ、せっかくおいしいものご馳走(ちそう)になってんのに、しっかり食べてくればいいのにねえ」

「男の世界はきびしいんや、女にわかってたまるもんか」

「——コロッケでもいいかしら？」

「もっとマシなものはないのか」

「お茶漬けで、ええのやないの？　おつけもの、梅干、目刺し、あさりのつくだ煮」

「なら、それでもええ」

「コロッケはいらないの？」

「いる」

いるならはじめから、文句をいわねばよいのだ。

「もっと亭主にうまいもん食わせろ。男の世界はきびしいんやから」

きびしい男の世界で生きてる人は、コロッケに例のごとくドボドボ、ソースをかけようとして、ふと、手をとめ、

「おい、皿はないのか」

とのたまう。

私も、娘の美沙子も、コロッケで夕食をたべたあとなので、二個残ったそれは、経木の舟に入ったままだった。その舟でたべてくれれば、皿が汚れずにすむのに、夫は気色ばみ、

「オマエ、男にそんなことをさせるのか、武士のたしなみやぞ。猫やあるまいし、経木の舟に盛られたまま食えるか」

私は皿を出しておいて、自分の仕事のつづきをはじめた。彼は横目でみて、

「今日の内職は何やねん」

私の内職は、日によって変る。

ゴムぞうりの裏を貼ったり、造花を作ったり、手袋に刺繡(ししゅう)したりすることもあるが、もう少し知的な内職で、校正をやったり簡単な翻訳をしたりするものもある。

「今日は、京都の絵葉書の説明を、英語に直していくの……。ねえ、パパ、これねえ」

と私はメモを見せ、英語の慣用法についてきいた。

夫は咳払(せきばら)いし、

「うむ、それはいろいろ、説があるが……」

といった。「説がある」というのは彼が知らないことである。

そうして彼はおおむね、「いろいろ説があるが……」というのだ。

英語に限らない。

美沙子が算数の本をもってきて聞いても、

「それはいろいろ説があるが……」

という。美沙子は、算数を夫にきくのをやめて二、三年になる。つまり、三年生のときから、娘は父親にモノをきくのをあきらめてしまったのである。

尤(もっと)も、私も、こと算数に関しては、ちかごろのはわからない。だから、塾へ通わせてある。塾の先生は月謝を払っているから、「いろいろ説がある」などとはいわないので

ある。

「ハッタがえらいことになった」

と夫は茶漬けをたべつついう。私はメモを清書しながら、

「どうしたの？」

ときく。

夫は結婚したときから、帰宅すると会社であったことを洗いざらいしゃべるので、私は一度もあったことのない人でもよくわかるのであった。ハッタ氏がどんな大学を出て、いつ入社して、どのへんにホクロがあり、奥さんがどこから来ていて子供が何人で、家を建てた資金はどこから出たか、ということもみんな、あたまに入っているのである。だから会ったことのないハッタ氏でも、「ハッタがなあ……」というと、すぐ思い浮べられるのである。顔だって、夫は慰安旅行の写真をいそいそ持ってかえり、

「おい、これがハッタで、こっちがトクラで、こっちがタカノや」

とマッチの軸で指示して教えるから、ちゃんと思い浮べられるのだ。

「部下の人間が給料、タクシーの中へおき忘れよってん」

「まあ」

私は顔をあげた。

「ウチの給料、そしたら……」

「いやいや。堺工場の分だけやけどな」

「大きいんですか、金高は」

「大きい。もし出てけえへんかったら、ハッタは責任かぶってえらい目にあうで」

「クビになるの？」

「クビにはならんけど、減俸やなあ。弁償せんならんかもしれへん」

「まあ、たいへん、……気の毒ねえ」

「減点一、いうとこやなあ」

と夫は気の毒そうにいったが、心なしか、その口調はウキウキしているようにきこえた。サラリーマンは、減点一、というとき、それが他人の身の上であると、なぜか、声にツヤが出てくるような気がする。

私は仕事をしまい、寝室へひきあげようとしたら、

「おい、まだメシすんでへんで。ちゃんと横に居らんかい」

と夫はいう。

「それから、タルモトがこんど部長になるらしい」

「あら、やっぱり……」

「あいつはゴルフやるしなあ。ゴルフなんかやりよって、常務におべっか使いよって、……麻雀や何や、いうと始終、べったりついとんねん、この間かて、何や遅うまで残っとって、あれ、何でこない遅いねん、残業のつきあいしとんのかいな、と、窓から見とったら、常務が客と出て来てな、タルモトの奴、車のドアを恭々しくあけておじぎしと

んねん、——あいつ、車のドアのために、それまで待っとってん、そういう奴やねん」

「ふーん」

「仕事ができるでけへんはともかく、やっぱり、そんな奴ばっかり目立つよってなあ」

「ふうん」

「結局、そんな奴が、お覚えがめでとうなっていくねんなあ」

と夫はきんきん声をたかめていう。

「ほんまに、いややなあ、腹立つな、もうどっち向いても腹立つことばっかしや。ああ——」

と夫はひと息ついて茶を飲み、ためいきと共に、

「あんな会社、やめたい」

と、やっとここまできた。今日は四十分掛った。

夫の特徴としては、そういうわりに、だんだん、帰宅したてのころの不機嫌がうすれゆくのである。ハッタ氏、タルモト氏の報告がひとわたりすむにつれ、顔がかがやき、「あんな会社、やめたい」と吐き出すようにいうわりには、きんきん声にツヤが出ている。そうして顔もかがやき、腹も大きくなったかして、たいへんご機嫌となり、

「風呂でも入ってこましたろか」

などという。これも、いつも通りである。

いつも通りといえば、私はここで、夫の食器を片づけつつ、口を出してやらねばなら

ないのである。

「ヤナギザワさんは、どうしてはるの？」

ヤナギザワ氏は、夫の会社のエリート社員で切れ者であったが、ほかの会社に見こまれて引きぬかれた人である。

「うむ、あいつはもう、えらいもんやで。ヒラの重役になってるらしい。会社やめる、いうたかて、あいつみたいに引きぬいてくれるのやったらええけど、こっちからさがすのは、うまいこといかんね」

というと、結局、いまの会社につとめてないとしようがないことになるではないか。

「まア、早よいうたら、そうなりますな」

と夫は風呂へはいるべく、シャツをぬぎながらいった。この一連の会話は夫の就眠儀式みたいなもので、「昨日も聞いたではありませんか」などというと、彼は、またきんきん声をふりたてて怒るのである。

同じ話でも根気よくそこまでいわせなければいけない。べつにそこまでサービスしなくてもよいが、いわせなければ、いつまでもふくれてうるさい。

そうしてヤナギザワ氏のことをもち出すと、脱サラ、ならびに、「いやな今の会社をやめ、外へいく」のも、たいていなことではない、ということになり、ひとしきりヤナギザワ氏の幸運をうらやましがるような、こきおろすようなことをいって終るのだ。

風呂から出る。

これからがまた大変だ。

夫は青い縞のパジャマを着たままで、部屋の灯を消し、ガラス窓に向いて坐る。そうして、望遠鏡をとり出して、じっと目にあて、向いの棟を端から端までずっーと見わたす。

三か月前のこと、夫は何げなく、夜、団地の窓を、こちらから見ていて、一軒の家で、あられもない光景を目撃してしまったのだ。

たぶんカーテンをしめ忘れたのだろう。灯をつけたままで、愛し合っていたそうである。

夫は一瞬、目をひきつけられ、ついで、物凄いいきおいで居間へたたたッ！　とかけこんで、

「おい、望遠鏡、あったやろ、望遠鏡！」

とどなった。

とっさにそんなことといわれたって、戦争中ならともかく、右から左に望遠鏡があるわけない。夫は足をガクガクさせていた。

「ほら、ぼくの、ぼくの、行李の中に、入れてあったヤツ……」

と舌ももつれている。

「あんなもの、出せるものですか、物置の下になっているのに」

「何でもええ、出しなさい、早う！」

私はしかたなく押入れから物置からしらべまわって、やっと古ぼけた望遠鏡を出してきた。その昔の戦争中、山本五十六元帥の胸に下っていたようなヤツである。巨大な、古びた、カビのふいた重い望遠鏡を、夫はつかんであわてて窓際へいったが、すでに灯は消されていて、どの窓だったか知るよしもなく、

「残念やなあ、あのときにこれがあれば」

といっていた。

それ以来、病みつきになり、望遠鏡を手もとにおいて、たえず眺めているのである。

向いの棟は、こちらからみると、南向きだから、カーテンをあければ、居間は丸みえで、ひょっとしたら、そんなこともあったかもしれない。しかし私には何だか、夫の妄想のようにも思われる。夫はポルノ写真かヌード写真を見すぎ、妄想が凝って、つい、あらぬ幻をみたのではないか。つまり、家庭でよくしゃべる人間は、会社でしゃべらないのと同じように、妄想を描く人間は、たいてい実際の方はさっぱりだからである。

夫は風呂からあがると、望遠鏡を目にあてて、「ウーム」といいつつ東から西へ見渡し、またウーム、と唸りつつ、西から東の窓を見渡す。

そして失望落胆し、

「今日も収穫なしか」

とつぶやく。そうそう柳の下にドジョウがいるはずはないのだ。実直な勤め人ばかり

の団地のことゆえ、十一時十二時となると、はやばやとカーテンがしめられ、灯のついているのはところどころだけ。

「あれは絶対、ほんまやってんけどなあ、マボロシとちゃうかった。会社で話したら、トクラなんか、団地とちがうよって羨ましがって、いっぺん、見せてくれ、いうとった」

といいつつ未練げに夢中で望遠鏡をのぞいていて、思わず、くしゃみをしている。

翌朝、夫はすっかり、風邪をひいてしまった。

こういうところが、夫にどうしても尊敬の念を抱き得ない点なのである。

しかも、夫の風邪は、きわめて口うるさいのだ。

「咽喉がいたい。鼻水が出る。おい、風邪薬はないか」

「ちゃんと、ここへ置いてます」

「ハイ、とひとこと、なぜいえぬ」

夫は私をにらんでいい、なぜか浪曲調になって、コップの水と共に売薬を服む。とたんにクシャミ、これがまた執拗きわまる。

美沙子まで、

「パパ、うるさいわねえ、やかましいわよォ、パパのクシャミ……」

と呆れるくらいなのだ。夫は何かの意趣返しをするが如く、思いきり大きく、クシャミをする。

天地にひびけとばかり、クシャミをする。

クシャミしつつトイレを使い、クシャミしつつ服を着、ネクタイをしめる。

「ああ、やかましい……」

「何をいうか、ハクション。……男、父親いうもんは、……ハックション！　こんな思いをしても家を出て、働かな、あかん……男というもんは、実に……ハックション！」

「休んだらどう？　電話しましょうか？」

私はうるさくなったので、そういった。

「いや、いく。ハックション！」

夫はいやに毅然として、クシャミをしつついう。

「いくんですか？　こじれると悪いわよ、こんどの風邪は。休みなさいよ」

「そういう、ええかげんな、ちゃらんぽらんな仕事ではないのや、男の世界は……ハックション！　きびしいのです」

「あ、そう。じゃ、いってらっしゃい」

私は夫の靴をちょっと磨いて、出しておき、台所で流しはじめた。夫は思い切り悪く、

「ああ、体がだるい、何や、めまいする、……じつに男の宿命というもんは……ハックション！」

「だから、休みなさい、というのに」

休めというと行くといい、行けといえば休むという。

いちいち、夫につきあっていては、身が保たない。

全く、うるさいものだ、男というのは。

「あら、それは奥さんに甘えてはるねんわ」

と、隣の吉村夫人はいった。

この夫人は私が、簡単な翻訳ができ、アルバイト料を得るので、たいそう羨ましがっている、気のいい婦人である。内職のお金より仕事をもっていることが、うらやましいという。

「奥さんはしっかりしてはるし、英語もできはるし、独立できるようなえらい人や、思うて、旦那さん甘えてはるのんとちゃいますか？　私、そう思うわ、お宅はオシドリ夫婦なんよ」

「でも、甘える、いうのんが、そもそも、けしからんやないの」

「それは、仲のええ証拠とちゃうかなあ」

吉村夫人はさびしそうに、

「第一、家へ帰ってそういう風に、しゃべってくれはる、いうのがうらやましいわ。あたしとこなんか、何にも、しゃべることが無うて……。子供もいませんし、静かすぎて淋しいの。植田さんとこみたいに、美沙ちゃんはいてはるし、ご主人がそんなにしゃべってくれはったら、うらやましいわ……どんなに、にぎやかな、おうちでしょ」

と、吉村夫人は、しみじみ、いった。

「でも、その代り、お宅はエリート社員やし、ご主人ががっちりしてはるから、うらやましいわ。ちゃんと、おうちも建てはるのやもん」

と私はいった。

吉村家では、こんど宝塚にマイホームを新築して、この団地を出るのである。

「うらやましいのは、こっちのほうこそよ……」

と私は、いった。

「そうかなあ。主人がしっかりしてて、何でもたよれるのは楽やけど、何か、そういうのは、つながりが薄いような気もするわ」

と吉村夫人はいい、頼りない男、頼れる男、それぞれ、隣の花は赤い、であるのかもしれぬ。

しかし、少なくとも、こと語学に関するかぎり、吉村氏は、頼りになる男であった。

吉村氏が英語もできるらしい、というのは、吉村夫人の家へいって、氏の本棚を見てわかっていたので、日曜日に、私は、吉村氏の在宅をたしかめ、

「おくつろぎのところをすみませんけど――」

とききにいったら、氏は快く、質問に応じてくれた。

ニューヨーク支店に二年、ロンドン、パリと歴任三年、という氏は、流暢(りゅうちょう)な、きれいな英語を話す。

「ふつうは、こんな言い回しはしませんね――」

といい、ボールペンで、すらすらと、書いてくれた。

吉村氏は三十七、八、ヒゲのそり跡も青々として、垢ぬけた男性である。

子供のないせいか、ずっと若くみえ、モッサリした吉村夫人の息子ぐらいにみえる。

吉村夫人が、お茶を出して来て、三人で雑談になった。

新築する家の話になり、設計図や、出来上りのスケッチなどをみせてもらった。

そのモダンな家に、吉村氏は似合わしいが、老けて地味な吉村夫人は、あまり似つかわしくなかった。

もし、私が、そんな家へ住み、しかも、相手が、吉村氏だったらどうだろう。なんて、チラ、と考え、私は何くわぬ顔で談笑していた。

吉村氏は、外国の話をしてくれた。スマートでさっぱりと面白い話術で、「ああ会社、やめたい」一点張りの夫の会話とはえらいちがい。

「こんなジョークがありますが……」

と吉村氏は英語でそのあといい、私が一生けんめい聞いて、やっと意味がわかって笑うと、吉村氏はまた英語で、

「奥さんはすばらしいですね、楽しいです」

といった。

「いいえ、私こそエンジョイしました、ありがとうございます」

と私も英語でいったら、吉村夫人は、

「あたしは、ちんぷんかんぷんで、わからないんですよ」

とさびしそう。すこし悪かったけど、吉村氏は語るに足る男だと発見して、大いに楽しかった。

氏は、私に、英語の小説を一冊、貸してくれた。

たのしい本だから、すぐ読めますよ、という。

そのときも吉村夫人は、私の手もとを物わびしげにながめていた。私は意気揚々と帰宅した。

夫は、ひとりでテレビを前にタバコを吸っていた。私を見てなじるごとく、

「えらい長いやないか」

という。

「パパ、となりの吉村さんてすてきよ、英語ぺらぺら、それに二階建ての家たてはるらしいわ」

夫は私が吉村氏から借りた本をちょっとめくって見、

「ふん」

といって、すぐ畳に置いた。

「英語英語、いうな。昔は英語は敵性語いうて、習うたらいかんことになっとんたんやぞ。英語しゃべる奴が、何がえらいねん。何もえらいとは思えん。終戦後はみな、ギンミーチョコレート、ぐらいは子供でもしゃべっとった」

私は早速、英語の本を、読みはじめた。辞書を片手に、つかえつかえ、読んでいく。

夫は横からのぞきこみ、

「何、書いたァンねん、となりのおっさんポルノなんか、貸したんとちゃうやろな」

「SF小説よ」

「ほんまか？」

「読めばわかるでしょ」

「バカッ！」

とついに夫はきんきん声で叫び、なさけない声になり、

「読めたら苦労するかい。英語でもバリバリできたら、もっとええ会社へいっとるわ」

「これが読めないんなら、だまってなさいよ」

「オマエは何でそう、人の胸をぐさとえぐるようなこと、いうねん、僕が英語でけへんのん、わかっとるやろ」

「大学は出たんでしょ、全然、よめないの？」

「いや、そら、読むぐらいは読みますよ、何ぼ何でも。しかし、聞いたりしゃべったり、できるぐらいやったら、もうちょっと何とか、人生、恰好ついとる、いうとんねん」

夫はしばしロをつぐみ、

「人間の値打、ことに男のねうちは、英語できることとちゃう思うけどなあ」

という。

「じゃ、何です？　望遠鏡でのぞくことですか？」

「オマエはどうも、夫を尊敬してないな」

きんきん声の、会社やめたがりの、シャベリンの、望遠鏡のぞきの、クシャミの大きな男の、どこか、一点でも、尊敬すべき点をみつけようとして、私はいつも苦労しているのだ。

「その吉村さんいうのは何か、男前か」

「まあ、ね」

「やり手か」

「そりゃ、もう」

「家、建てよんのか」

「凄い家」

「ヨーロッパへいっとったんか」

「アメリカへも、よ」

「英語ぺらぺらか」

「読み書きしゃべり、一切、ぺらぺら、なのよ」

「ウーム」

と夫はうなり、何思ったか、ひっくり返って、ふて寝をしはじめた。

その晩は、「望遠鏡」と私にいって出させることもなく、いつになく、おとなしく食事をする。

私が風呂から上ってくると、夫はタバコをふかしながら、

「しかし、吉村さん、いう奴は……」

と、またいう。

ずっと、そのことを考えつづけていたのかしらん。

すこし、私が吉村氏をほめすぎたので、頭に来てるのかもしれないな。

「吉村いう男は……」

と、すこし呼び方がかわってきた。

「吉村いう男は、何か、アッチの方も強そうか」

「知りませんよ、いやなパパ」

「いや、僕、となりの奥さん見たことあるけど、何や、影のうすそうな、モッサリした女やないか」

それは私も同感であった。

「吉村の奥さんは、あれは、あの顔は、どうも、あんまり男に可愛がられてない顔やぞ」

そんな気も、しないではない。

吉村夫人の血の気のうすそうな、元気のない、さびしい顔色は、年にしては、老けてみえる。

まだ私の方が、ツヤツヤしている感じである。

「そやろ、うーん、その、吉村いう奴はインポかもしれん！」

と夫は叫び、やっと攻撃地点をみつけたといわんばかりに、声をからして、

「そうや、インポや、きっとそうや」

「そんなこと、あるもんですか」

私は吉村氏のために憤然とした。

「いや、そうにちがいない、その劣等感を克服するために、英語ぺらぺらになりよってん」

「バカらしい」

「その埋合せに、家を建てよんねん、きっとそうやて」

「見てきたようなことをいうのね」

そこへ、美沙子がやって来て、「ママ、テレビみてもええ？」というので、私たちは口をつぐんだ。

「子供もないやろ、あの年で！　それが証拠やで」

と夫は叫び、私は目で制した。

美沙子が自分のベッドへいってから、夫はまた、

「英語ができるのと、インポとどっちがええかなあ！」

と叫ぶ。

私はもう、黙っている。

こういう幼稚な手合を相手にしていられない。夫は、吉村氏の語学力、ならびに経済

力、才能に対して嫉妬しているのである。そうして勝手に、吉村氏に肉体的欠陥があるようにきめてしまい、私を瞞着しようとしているのである。

「だけど、英語もできなくて、アッチの方もだめ、というのもいるんですからね」

といってやると夫はしばしだまりこみ、

「いやしかし、アッチはダメとは限らんぞ」

「そうですか、……へへへ」

と私は笑ってやった。夫は、忙しい課に変ってからは、夜がつねにおそいので、もっぱら、夜ごとのたのしみは望遠鏡の探索だけ、私にそう笑われたとて、返事もできないのだ。

「すこし、寝酒を飲んでみよう」

夫はしばらく考えてから、決然としていう。

「飲んでどうするの？」

「いや、飲んだらひょっとして……」

「飲んだらひっくり返って寝るだけやないの」

「それはわかりません、酔えば元気になるかもしれへん、ウイスキーもってきなさい」

「持ってきたって、ダメというのに」

「夫のいうことが聞けんか」

「何さ、英語もしゃべれないくせに」

「いま、何か、いうたか？」

「いいえ」

と私は出ていって台所から酒を取ってきた。

夫はグラスについで、水も薄めないで飲む。

しかしすぐ、おいて、

「これは少し強いようや」

「強いのを飲んだからって、きくものとちがいますよ」

「いや、だんだん、きいてきた」

夫はもう、赤い顔をしていた。

「吉村ごとき英語つかいに負けるもんか」

私はバカバカしいので、あたまにカーラーやクリップをしこたま巻きつけ、桃色の網を巻き、完全武装して、自分の蒲団にはいった。

「パパ、べつに無理せんでもええのよ」

「ウーム、オマエは何でそう、ぼくをイライラさせるようなことばかりいうねん」

「おやすみなさい」

「ということはつまり、夫をバカにしてることやねんな」

と夫は言ったけど、酒がはいって何だか眠そう。

「男の世界はきびしいわね」

といったら彼はまた、何思いけん、ムクムクとおき上って、グラスに少しウイスキーをそそぎ、飲んだ。

「お酒のんだって、あかん、っていうてるやないの」

「しかし、もう、これしか手段がない」

夫は今はもう、苦しそうな息をしている。

「タルモトみたいに、オレはおべんちゃらもよういわんし、吉村みたいに英語もでけへんし。ヤナギザワみたいに、よそへ引きぬかれるほど大物ちゃうし」

夫は深刻にいい、何だか遠い物音に耳をすますごとく、

「あかんかなあ、いつも、酒のんだら、大丈夫やってんけど」

という。

「ダメよ、もう。あきらめなさい」

「いやいや、こうなったら男の意地ですよ」

「あたし、いうとくけど、何もパパにもう、期待してへんねんから」

夫はガクッとうなだれ、

「そういわれるとせつない。しかし、僕かて何も、好きでこんなんとちゃうねん、会社の仕事、いそがしィなってから、どうも、うまいこと、いかんようなってん」

「わかってますよ」

「わかってないなあ」

夫はためいきをつき、何だか毒を仰ぐようにウイスキーをぐっとあおり、

「まて、望みなきにあらずや、だんだん、きいてきた！」

と叫ぶ。

しかしその眼はもう、うっとりして眠そうであった。

「ともかくひとねむりしてから、ご要望に副いたいと思います。前向きの姿勢で善処させて頂くことをお約束します」

と夫はいい、枕にあたまをつけて、つけたかと思うと、もう眠りに入っている。前向きもないものだ。

私はおかしくなり何が前向きだと、ふき出しながら、いつか寝入った。

夜中、夫の声で目がさめた。

夫はうなされていた。

スタンドをつけておき上ると、夫はわんわんと、泣いているではないか。

しかも本人は半分、ねむっており、私があわててゆすぶると、

「あふ、あふ」

といいながら起き上った。

「パパ、どうしたの、パパ……」

夫はハナをかんで、また横になった。

「けったいな夢みてん」

「うなされてたわよ」

「オマエの死んだ夢、みてん……」

「まあ」

「何でやしらんけど、ヤナギザワのところへいったら、ヤナギザワの娘になっとんねん、オマエが。あの娘、大分前に、死にましたって」

「へえ」

「そんで、ヤナギザワが、僕を家へあげて、さびしそうに、あの娘がおらんようになって、私も不自由ですわ、お茶もいれてもらえんようになって、いいよんねん」

「…………」

「それ聞いて、悲してなあ」

夫は再び、枕にあたまをつけ、すぐ、寝入ってしまった。

灯に夫のはげあたまが、輝やいている。私はへんな夫のゆめに、妙な実感があって、しばらくねむれなかった。

なんでヤナギザワ氏が出てくるのかわからないが、やはり夫のゆめの中に出てくるのはヤナギザワ氏でないといけない気もする。

私は灯を消してまじまじとしていた。

夫は安らかな寝息をたてている。吉村夫人が「オシドリ夫婦なのよ、おたくは」とうらやましそうにいったことばがよみがえってきた。

気になる男

私の夫は、高校の数学の先生である。

私たちは結婚して十年になる。

はじめ、夫との縁談がもちあがったとき、私は数学の先生という所にひかれた。

私は学生時代、数学が苦手であった。数学のできる人は異人種のように思われた。

それが、縁談の相手は「〇〇大学理学部数学科卒」で××高校の数学の先生だというのだ。

私は、あたまがクラクラするほど感激した。写真の男は、いかにも聡明そうであった。広い額、澄んだ眼、ひきしまった口もと。そのあたまの中は、どんな構造になっているのであろう。

頭脳明晰、というコトバがピッタリくるような風貌であった。

私はあやしく心を搔き乱された。

それには、手のとどかぬ高嶺の花、といった気持もふくまれていた。こんなあたまのよい人が、私のように数学の成績の悪かった人間を、好きになってくれるはずはない、と思ったのだ。

しかしもし、彼が私を気に入ってくれたら、骨身を惜しまず仕え、生涯、尊敬と愛を捧げるであろう、などと考えた。

　それに、こんな人と結婚できたら、きっと生まれる子供もあたまのよい子であろう。

　私は、話をすすめてほしいといい、見合いを承知した。私はハイミスのOLで、もう三十になっていた。

　尤も向うも、「研究生活で婚期がおくれて」三十四歳だそうであった。

　しかし彼の方は、私の年齢に難色を示したらしい。

　仲人の婦人は大わらわで、私が年よりは若くみえ、可愛いらしいこと、小柄だが色白で丸ポチャの娘さんだから二十四、五にしかみえないこと、などを言い立て、先方もやっと、見合いを承知してきた。私は大阪のホテルへ出かけた。

　私の方は、母と二人だった。私は振袖を着て、袋帯を物々しく締めていた。私はすこし背が低い上、太っているので、着物を着付けてしまうと、姫だるまみたいな恰好になり、服の方がほっそりみえてよかったかなあ——と後悔した。

　しかしもう着更える間はなかった。

　相手が来たからだ。そうして私は驚いた。

　私はガイコツの踊りを想像した。おそろしく背の高い細い男が、手足をぶらぶらさせながら、やってきた。それは全く、学校の保健室のとなりの、理科教材室に置いてあった標本そっくりのガイコツだった。

　顔はやはり写真に似ていたが、もっと痩せて、頬骨が出、肌は思ったよりかわいていた。

あの写真は、かなり昔のものではないか。

そういえば、あの写真も、そして経歴書も、みな、隅のまくれたような、人の手から手へ渡って久しいような、貫禄（かんろく）がついていた。

もしかしたら、この数学の先生は、かなり前から、お嫁さんさがしを志していたが、どういうかげんでか、一向、話がまとまらなかったのかもしれない。

彼のひたいは写真よりもっと後退して、もっと広いひたいになっていた。

しかし、眼は澄んでいて、遠くを見るように、やさしげだった。

何かを思い出そうとして思い出せないのでこまっている、りこうな犬のような眼にみえた。

そして全体にあるのは、何となく澄みきった印象であった。それは彼の、いたいたしいほどうすっぺらな胸からくるのかもしれない。

そのチューインガムほどにうすい胸板には白いワイシャツが物悲しく貼りついてひらひらしていた。

その、風通しのよすぎるような痩せ方も、いかにもあたまのよい男みたいな感じで、私の気に入った。

美しい男というのではないが、贅肉（ぜいにく）のちっともない所が清潔そうで、その清潔は、そのまま、「清貧」ということばを連想させ、私の好みにあった。

それから、手の指が、背の高さに比例してほそくて長く、ふしだかできれいなのも気に入った。いかにもあたまのよい男みたいな感じであった。三十前後というのは、しばしばヘンな好みができていて、二十代の女より始末にわるい。とんでもないことに感動する。ともかく、私は彼が気に入ったのである。

みんなそろったのでグリルへお茶を飲みにいくことになった。

立ちあがって並ぶと、彼と私の背の高低がもっとハッキリした。私は彼の肩までも丈が足らず、彼は私をふしぎそうに見下して、

「全部立ってそれだけですか？」

というのだ。ふしぎなことをいう男だと思った。全部立つも半分立つもあるもんか。

「どうしてそんなに低いのですか？」

といわれたとて、私にどう答えようがあろう。

お茶を飲んでいるあいだ、もっぱら私の母と仲人の婦人がしゃべり、彼はひとりで考えごとをしているようであったが、

「ちょっと失礼」

といって立ち、手洗いにいったのかと思うと、新聞を買ってきて、拡げて読んでいた。そうして、何をいうかと思うと、「今日の運勢」を私に指し、

「あなたは何座ですか？　僕はうお座です」

という。そのころは、まだ星座占いなどというのは珍しく、二黒だの六白だの九紫だ

ので、運勢を見るのが多かった。

私と彼は、それぞれの運勢を見ると「縁談好調」とあった。私たちは、昔ながらの日本風な、エトや年廻りで運勢を占うのと、西洋風の占星術で運命を占うのと、どちらがよく当るかということを議論した。

彼は、かなり熱心にそれをくらべてしゃべった。私は数学者にしては、ヘンなことに興味をもつものだと思ったが、そのときは、そのヘンな具合まで何やら奥ゆかしく謎めいてふしぎに思えた。

母も煙に巻かれていた。しかし、とりたてて難はない、といった。それ以上に私は、彼が気に入った。どこが気に入ったかというと、この人はあたまの中で何を考えているのだろうという神秘感に打たれたのである。

そういえば、彼はいつも、どこか遠くを見ているような目をしていた。それも私にはふしぎな感じだった。気になったのである。

彼は夫になり、私は妻になった。

そして今では——私にとって十年後の夫は、べつに気にもならぬ男なのだ。神秘感も感動もない。

そして、数学の先生であることと、聡明・明晰、ということは、必ずしも関係ないと思うようになっている。

昔からかわらぬことといえば、ガイコツ風体格だけで、これも、十年前の私には好ましく思えたのだが、今は、見ただけでたよりない。先天的栄養失調という感じ。

子供は男の子が一人できた。小学校の二年生で、まだどうともいえないが、あまり、あたまはよろしくない気がする。これも意に反した。背だけは父親似で高い。すこし肥満児の傾向があり、これは私似かもしれぬ。

彼の姿から連想した「清貧」は、これは、現実の運命に的中した。清貧などと美しい語感ではなく、四苦八苦のやりくり、濁貧、邪貧、悪貧、素寒貧（すかんぴん）のたぐいであろう。現に私も、スーパーの事務員としてパートで働いている。

そうしなければやっていけない。

もうひとつ、昔の印象が的中したといえば、彼が、数学を学ぶ科学者であるにかかわらず、怪体（けったい）なものに興味をもつ所である。

このあいだは、「大予言者の予言」という本を買ってきた。

そうして自分ひとりで読んでいればよいのに、必ず、私をよびつけて、声を出してよむ。

「おい、ここに書いてある、ほら……『やがて空から剣の雨が降り、ツルッツル禿（は）げの女たちは飢えて死ぬ』おい、これは遠からぬ将来やぞ」

「そりゃ、遠からぬ将来、お父さんはツルツル禿げになりますよ」

私は古セーターをほどくのにかかりきりになっていた。

「何をいうか、そんなこととちがう、これは人類の未来の恐ろしい予言なんや。公害、食糧危機、地球汚染、気候の激変を、何百年も昔の賢者が、ちゃーんと見通して予言しとるねん」

「そんなことができるんですか、へん」

「なんで女いうもんは疑いぶかいのか」

夫はやっきになり、

「これ見なさい、ここにはほれ、この大予言者が予言したことで、実現したことの一覧表が書いてある。人類の宇宙旅行、大統領の暗殺……」

私は夫がさし出すページをチラリと見て、

「何か、キツネにつままれたような話ねえ。その本はインチキやないんですか？」

「インチキ！　インチキでこれがかけるか、これはおそろしい本やぞ。人類は苦しんで滅亡する、という終末が示されとんねん」

「どうせ何千年も先でしょ」

「ちがう、意外に近い将来や、百年か二百年先かもしれん」

「百年！　ほんなら、私らも、清志も大丈夫ですわ」

と私は子供のことをいった。

「そんなことをいうて……」

と夫は激昂して身もだえし、また本を読み、

「おいおい、地球は爆発すると書いてある」

私のかんしゃく玉が爆発する方が早いのだ。夫は、何でもしんから信じこむくせがあるらしく、しばしばその本に打ちこみ、あけても暮れても大予言のことばかりいい、夫のいうのを聞いていると、あさってか、おそくとも十日ぐらい先には地球は爆発し、ツルツル禿げの人々は飢えにさまようような感じであって、もし、夫とのつきあいが、これほど長くなければ、私は荷物をまとめてどこかへ逃げようかと思いつめたであろう。

どうも私が見るに、夫は、冷徹犀利（さいり）な頭脳をそなえているわりに、ハートは未開野蛮、蒙昧（もうまい）で、そして、日常生活、結婚生活、というのはこの、蒙昧なハートの方でつきあう部分なのだ。

これは、数学とは関係ないらしいから、人のあたまというのはふしぎだ。

夫はいったん打ちこむと、やみくもに信じこむが、その代り、さめるのも早い。

トイレットペーパーが不足、という声が世間にたかく、新聞にもそのことが載るようになると、夫はまた、

「買い占めてあるのか、ちゃんと手くばりしておけ、オマエはのんきでいかん！」

と叫びたてた。

ついでにいうと、夫は、新聞をとても信じている。

海が汚染されたといって、魚がだめだというときは、魚のオカズを出すと目の色変えていた。

「何という横着な奴や、新聞読んでみい！」

と叫ぶ。しかし、三度三度、汚染魚をたべるならともかく、一応、中央市場を経て魚屋へ出廻っている魚に、目をむくほどの毒があろうとも思えない。それは、川魚や、川蟹などをナマでたべると危ない気もするが、サバやマグロを煮たきしたものが何だというのだ。まあ、少々は横着もあるかもしれないが、私にすれば、新聞を見たからといって、その晩すぐ箸で、魚をはねのける、そういうあさはかさ、軽信が、どうも片はらいたい感じである。

私は、じゃまくさがりで、一々キメこまかく献立など考えていられないせいもあるかもしれない。

「あ、そう要らないの、じゃお漬物でたべてください」

といって私は夫の魚まで食べた。

夫は新聞と共に内閣を攻撃し、新聞と共に買い占め商社を糾弾する。

新聞記事が昂奮して書いてあると、夫も、それを読みつつ昂奮する。

どうも、新聞の種類によるのではないか、センセーショナルな見出しをつけて派手に扱っている新聞をよんでいるせいではないかと思い、私は新聞をとり換えた。

比較的、地味な新聞である。すると、

「どうもつまらん、この新聞はたるんどる」

と夫はいい、また前の派手な新聞にかえ、

「実際、商社というものは……」

と舌打ちしているのだ。

　私が思うに、商社というものは、金をもうけるために作ってあるのだ。そこの社員は、金もうけを至上命題と教育されて働いているのだ。だからもうかることなら、何だってやるだろう。そういう仕組みを考えないで、新聞と共に黄色い声を出して攻撃していても、商社はびくともしないし、日本も変らない。公害さわぎの頃は、夫はまた、

「公害企業というやつは実際——」

　とぷりぷり怒っていた。

　私がまた思うに、公害は、生活の便利不便と分ちがたくむすびついており、便利になれば公害が出る、諸事不便な国は、公害もない、あたり前のことで、そこから考えなければしかたない。田舎は空気がよく、たべものがおいしい。その代り交通不便で、働き口がないから現金も動かない、こんなこと当然すぎていうのもあほらしい、しかしそこが問題の根本ではあるまいか。夫はそれを知っていうとは思えない。

　それでトイレットペーパーのときも、やいやいうが、私はスーパーに勤めているおかげで、わりに安い紙を廻してもらっていた。団地の中のマーケットは、日曜の朝だけ安い紙が売り出される。一時間で売り切れ、長い行列を作っていても、当らないことがある。夫は息せききって走ってゆき、一包み四巻のペーパーを大事そうに抱えて帰ってきた。

「オマエがのんきやから、こういうことまで手配せねばならん」

というが、夫はそういうことが好きなのだ。

そして私はといえば、

「行列してまで買うことないわよ。どうにかなるわよ」

「どうにもならんやないか、現に、なくなっとんのやから」

「新聞でも雑誌でも使えばええやないの、昔はそうしてたんだもの」

「今の団地の水洗に使えるか」

「ナイロン袋に入れてゴミ集めの日に捨てたるわ。政治がヘタやから、こんなことになるねん。ゴミ捨て場へもっていったって知るかいな」

と私はうそぶいた。これでも戦後の混乱時代をくぐりぬけてきた歴戦の勇士、筋金入りの中年女、見そこなうな、とタンカの一つも切りたい所だ。

トイレットペーパーがないの、砂糖がないの、と一々走り廻って行列していられるかというのだ。

——というより、私は物ぐさなのだ。

面倒だ。

そういうみみっちい、いそがしいことをするのは性に合わない。そのうち出廻ってくるんじゃないか、などと考えたりする。尤も、勤めているスーパーのおやじさんが、少しずつなら分けてやるといってくれてるし、親子三人の消費量も知れている。

夫はしかし、モノがないというと、それを買い占めることに喜びを感ずるらしい。何か仕事の目標ができたようにふるい立つらしい。その間、夫の心を占めるのは、その不足の品物のことばかりなのである。

だから、それは夫の趣味なのだ。

日曜の朝早くおき、マーケットの前に行列して戸のあくのを待ち、トイレットペーパーを買い、「もう八包みも買い占めた！」というのは夫の生き甲斐である。

そして今は、大予言者の予言である。大予言者は、近い将来、人類の滅亡を予告している。

私には、夫の空想がアリアリとわかる。彼のあたまには、ツルッ禿げの火星人のような男や女が、枯葉を嚙んだり、泥水をすすったりして飢えをしのいでいるさまがリアルに描かれているのだ。それが、ほんとうに明日にでも起るように思っているのだ。

私はどういうものか、予言なんか信じられない。想像力がないせいだろう。

この世の終りがくるなんて、どう考えてもそう思えない。いっとき悪い時期になっても、いつかまた、好転するとしか思えない。

「大体、オマエは世間知らずやからや。ちっとも現実的でない。夢みたいなことばかり考えてるから、物事の切実さがわからん」

と夫はいい、私は、何が何だか、あたまがこんがらがってくる。

「あたしのどこが、夢みたいなの？　あたしが世間知らずですって？」

「そやがな。オマエは大体、小説好きやろ、いつも愚にもつかん小説をよむやないか」

それは私は、テレビドラマを見るよりは、小説をよむ方がよい。テレビは、自分の好みのドラマを、好みの時間によりどりできないが、本はどこへでも持っていけるし、いつでも読め、気に入ったら何べんもくり返し読めたりして、たのしいのだ。

「そやろ、その小説はウソばっかし、書いてある。小説いうもんはウソで出来てる。それを鵜呑(うの)みにしてる人間は、あたまが足らん」

「そういうお父さんはどうですか、週刊誌の、よみもの風に仕立てたトルーストーリィや、なんとか報告書や、マル秘情報ばっかり読んでるやないの、そんなんの方こそ、ニセモノ、ツクリモノ、ウソが書いてあるにきまってるわ」

私がいうと、夫は、何をバカなことを、という顔で私を見、

「これがウソなら『トルーストーリィ』と書いてあるか」

といった。

それはユーモアですらなく、夫は心からそう信じ切っているようであった。私は口をつぐんでしまったので、夫は、私が理に負けたと思ったのか、上機嫌だった。

要するに、夫は、純真無垢(むく)であるのかもしれない。だから何によらず疑うことを知らず、心から信じこみ、納得し、共感する。暗示に弱い。

神のごとき人なのである。

しかし、その純真無垢が折々、オトナげない方まで逸脱するから困るのだ。

夫と、小さな息子の清志は、二人並んでテレビの野球に熱中していた。夫は阪神(はんしん)ファ

ンで清志は巨人ファンである。

例によって例のごとく、阪神ははじめ旗色がよい。夫は大いばりで、

「やれやれッ、巨人なんかやっつけろ」

という。清志は夢中になって巨人を応援する。そのうち、（これも毎度のことであるが）後半、阪神はメタメタと負けてゆく。

「そうれ見ろ、阪神なんかぶっつぶせ」

と清志がおどり上って喜び、手を叩いた。

と、夫は、平手で清志のあたまを撲ったのである。そうして、

「うるさいッ。巨人が何だッ」

と叫んだ。

清志はわっと泣き出して、台所にいる私のそばに走りより、エプロンに顔を埋めてしゃくり上げた。さすがの私も、腹が立った。

夫はこそこそと、部屋に入ろうとする。

「待ちなさいッ。何ですか、おとなげない。七つ八つの子供をなぐること、ないやありませんか！」

「可愛いげがないからや」

「たかが野球で、おとなが子供相手に腹を立てるとは何です！」

夫はぷいと自分の部屋へ入った。そのときも私はいたく腹が立ち、

「ママがお父さんを叩いてあげます。あんな人、気にせんでよろし」

と清志にいったが、あんな人というより、あんなおっさんといいたい気持であった。

しかしそれも、いま考えれば、夫が、純真無垢だからだといえぬこともない。

学校の先生をしている友人がいて、彼女は国語の先生であるが、私は聞いてみた。

「ねえ、数学を専攻した人って、かしこいのかしら、バカなのかしら」

友人は何心もなく、

「それはどちらもいるわよ、でも、変った人も多くてね、数学の学者とつきあってた女の子で、ノイローゼになったたんがいるわ」

といった。さらにつけ加え、

「数学者の大物なんて、そらいうたら、みんな奇人変人よ」

私の夫はべつに大物でもなく、一介の教師であるが、奇人ふうなところは似ている。

奇人なら風格もあるが、夫のはそこまでいかず、一見、奇人風なのであるから、スケールが小さい。

神の如く純真無垢な人、一見奇人風は、大予言者の予言にも倦んだとみえて、ある日また、例によって唐突にいった。

「おいおい、四次元の世界て知ってるか」

私は聞いたことはあるけど、興味はなかった。

夫はコートをぬぐまも惜しく、台所にいる私のそばへ来て、

「道路を走っとった車がシュッと消えてまうねん」

「砂埃で見えへんようになったの？」

私は食器をテーブルに並べながらいった。夫は私についてテーブルのまわりをまわりつつ、

「ちがう、四次元の世界へ捲きこまれたんや！」

と得意そうにいう。

「数日して見知らぬ外国の町の中で、その車は止まってた。中の人はさっぱりわからんので、途方にくれてた。何や白い霧がかかったと思うと、ワケが分らんようになって、気がついたら、とんでもない国にいたというのや」

「竜巻にまかれて吹きとばされたんじゃないの」

私はまた、ガスレンジの前に立ち、煮物の具合をたしかめようと、鍋蓋をあけて箸でかきまわしていた。

夫はまた私のうしろについてきて、叫んだ。

「ちがう、ちがう。そういう単純なもんとちがう。その車の後を走ってた人が、とつぜん、掻き消すごとく車が蒸発したのを目撃してるのや。道は砂漠の中の一本道、どこへ折れるはずもないのに、突如として消えるんやからなあ」

私はこんどは電気釜をテーブルのまん中に置いた。夫は更に私のうしろへついてきて、

「おどろくべきことに、そういう事例は何件も報告されてる。ツクリ話やないぞ！」

とわが手柄を自慢するごとくいった。こんどのタネ本は「四次元世界のふしぎ」という本だった。

彼は私のうしろへついてまわって、その本を声を出して読みきかせた。そうして、自動車蒸発事件の目撃者の写真を、いやが応でも私に見せつけようと、ページをひらいて迫った。私は忙しいので、見ずに、ハイハイ……といっていたら、

「おい、これ、見なさい……」

と夫はしまいに哀願するごとく私について歩く。それはまるで、お小遣いちょうだいとエプロンの端を握って離さない子供そっくりである。仕方なく私は本に目を落す。そこには、西洋木こりといった風態のヒゲ男が、ぼんやりした表情で写真にとられていた。

「あ、こんなオッサンが見たの、ねぼけてたような顔してるやないの」

「オッサンはねぼけてたんかもしれん、しかし車に乗って見も知らぬ外国へ運ばれたのは、この人やぞ。これは弁護士一家らしい」

その一家の写真はどういう家族構成なのか壮年の男二人に婦人一人、みな、身なりもきちんとしたちゃんとした市民にみえたが、

「しかしまあ、私は、目の前でそういうことが起きないかぎり、ヒトの話では信じられへんわねえ。あんまり、バカげてて」

といったら、夫は、

「何でそう、あたま固いねん、オマエという人間は！」

と悲鳴をあげるごとく、いった。

そのあとは円盤であり、ひところはツチノコであった。必ず本か新聞か週刊誌がそのタネ本であって、そこから得た知識をふりまわし、私に、「こんなん知ってるか」と迫り、私が信じないと、やっきになって信じさせようとする。

夫のあたまの中は、大予言や円盤や四次元が雲のごとく詰まっているのである。

そのころに、仲人（なこうど）の婦人に会うことがあり、

「主人は、妙な癖がありましてね……」

と話すと、婦人は、

「ええ、それは昔からしくて、お見合いの席でよくそういう話題をもち出されますので、お話がこわれることがありました。あなたのときは、雪男でしたかしら、それともヒマラヤの秘境でしたかしら？」

「いいえ、あたしのときは星座の運命判断」

「ああそう、それくらいならよかった」

「ヒマラヤの秘境って何ですの」

「何か知りませんが、万年雪のヒマラヤの山の中にただ一か所、四季、春みたいな国があって、花が咲いたり小鳥が歌ってるというのだそうです」

「まさか」

「そこの人々はおいしいくだものや野菜、魚をたべて年もとらず楽しくくらしてるとい

うんですけど、話してる内にあの方夢中になってね、新婚旅行はそこにしましょう、なんていわれるので、相手の娘さんは逃げて帰られました」

私は笑って、いかな交通公社でも、桃源郷への予約はとってくれませんわね、といったが、すると夫は、昔から、ちょっとおかしい部分があるのだ。一見奇人風というのは十年前からのことであるらしい。――私はそこを見ぬけず頭脳明晰（めいせき）と判断してしまったのだが、逃げ帰った娘さんはいち早くみぬいたわけだ。私の方は十年もたってその誤りに気付くのだから、いかにもおそい。

夫のあたまの中には、大予言や四次元のみならず、ヒマラヤの秘境まで入りこんでいたのか。何という怪体（けったい）な男だろう。何を考えているのだろう。

しかし夫は生徒を前にスラスラと解析の講義をしている。夫はじゃまくさいといって、家庭教師（アルバイト）もせず、予備校の教師にもいかなかったが、最近、近所の奥さんが、ぜひにと頼んだので、家庭教師を一人だけひきうけた。高校生の男子生徒である。ほかの課目はどうやらついていけるが、数学だけは、さっぱりついていけないという。

私は自分のことを思い合せ、その男の子が気の毒になり、夫に頼んで引きうけてもらったのだった。

そうして夫の授業を、隣室で聞いたりするようになった。私にはやっぱり、数学は、ちんぷんかんぷんである。そんな、ややこしい数学が、みなわかっているというだけで、私には夫が、再び、変った印象で捉（とら）えられる。ほんとは大天才なのではないか。真実の所は、大秀才、大奇人なのではあるまいか。

　あたまの悪そうな生徒が、洟をすすり上げながら帰ると、あとには、いろんな数字や式のメモがとりちらかされている。私には、とうてい解けない問題である。のみならず夫は、ときによると、大きな紙に、解きにくい問題をかいて、目の前の壁に貼り、水割りをちびちび飲みつつ、解答をたのしんでいる。ときどき、そのまま三、四時間たち、十二時ちかくまで考えこんでいる。

　それも苦しんでいるのではなく、とけないことを楽しんでいるらしい。折々はひとり笑いをしたり、本を持ち出してきてながめたりする。

　そういうときは、私がそばにいてもわからぬほどの熱中ぶりである。

　その意味不明な、スパイの暗号文の如き、数字や記号の羅列は、私に、畏怖にちかい尊敬の念をおこさせ、それはそのまま夫への敬意に移行していく。夫は、やっぱり天才なのだ。

　私のような凡婦では、その値打ちがはかりしれないのかもしれない、などと考える。

　そして私は何かしら、とまどう心持で、発作的に夫を大事にするのである。そういう折は、雪男でも四次元の蒸発でも、神秘な思いに打たれ、心こめてきく。

　そして、はかり知れぬ叡知に輝やく夫の顔と、禿げに輝やく広い額をまぶしくうちながめるのである。

　個人教授をしている生徒は、熱心に来る。そうして鼻の詰まったような声で、熱心に質問する。彼は頭は悪いがマジメな学生である。

その母親は、月謝と共に、いつもくだものか菓子をもってくる。そして、息子の成績カードを夫に見せ、数学の成績の高低に一喜一憂していた。

この奥さんは、ごくありきたりの教育ママで、息子を、国立大でなくとも、公立大へ入れようとけんめいになっていた。
三十四、五の色白な、愛想のいい奥さんで、ご主人は市役所へ出ている。
「いつも熱心にして頂きまして、よろこんでおりますのよ……子供も、先生のこと、たいへん感謝しております。先生はおやさしいから好きだ、なんて申しまして」

と奥さんは笑った。夫は、教師としては適格者であるらしく、くり返しくり返し、根気よく、教えているようだった。

ある日、例によって、夫は唐突に私にいった。

「向うは僕のこと、どない思うてるのやろう！」

「向うて誰です」

「家庭教師してやってる家の」

「そりゃ、感謝してはるそうよ。熱心に教えて頂いて、いうてはったわ」

「いや、授業やない、男として、や」

「男として、なんて。あの子、女なの？」

私は愕然(がくぜん)とした。そういえばこの頃は男も女も、ちょっと見は区別もつかぬ若者が多い。あの生徒も、長髪にえび茶いろのセーターを着たりしていた。それにしてもあの声、あの図体で女？

「信じられへん」

「何で。女にきまってるやないか、何をいうか。あれが女でなければ誰が女なんや、オマエなんかよりずっと女らしい」

夫は言い放った。

いつぞや、あの奥さんは「子供が、先生はおやさしいから好きだといった」と私に告げたではないか。

そうか、そういうことなのか、家庭教師と教え子がどうこうするというのは、小説の中だけのことかと思っていたが、こんな一見奇人風でさえ、そうなのか。

「みっともない、人ぎきのわるいことはやめて下さい、第一、あんな、あたまの鉢の開いた、デキのわるい、ぶさいくな子のどこが女らしいの、バカバカしい」

「あたまの鉢なんか開いてない！」

「開いてます、それに鼻の穴も開いて坐ってるわよ」

「オマエの目はどこについとる。そんなことはない、あの奥さんぐらいの美人は、まあちょっと居らへんのとちゃうか」

「え、奥さんのことなの？」

「誰の話や、思ててん」

そういうことか、とまた私は思った。

そうだろう。あの生徒が女生徒だったらたいへんだ。

それにしても、あの奥さんが女らしく愛想よいのは私も認めるとして、彼女が、夫を男としてどうみるか、なぜ夫が気にしなければいけないのだ。

「男として、どう見られたいの？」

「うーむ」

と夫はすこしためらい、

「つまり、魅力あると思うかな、僕のこと」

「どうですかね。知らんわ」

「冷淡な声出すなよ」

こんなときにやさしい声を出す女はオバケであろう。

「お父さん、あの奥さん好きなの」

「好きというような、浅はかなもんではない。うーむ、僕は惚れたなあ、惚れたぞう！」

私はまたまた混乱して、夫をじっと見た。男が妻の前で、ヨソの女に惚れたというのは、たいがい、照れかくしをよそおいつついう。でなければ、さあらぬていで冗談めかしていう。また、口に出してやかましく言いたて、本心を隠すのもあれば、最初から隠密行動で黙秘してるのもいる。或いは、あんな女のどこがよい、と口でけなして心で惚れている陰険なのもいるだろう。

しかし夫はその、どれでもなく、真剣にいっているのだ。

数学における夫の知性に感服していた私は、またここで攪乱（かくらん）されて、夫はしんそこ、バカじゃないかと思えてくる。

返事する気もおこらぬ。

「おい、こんなとき、どないしたらええやろ。あんた、僕、きらいですか、好きですか、いうて、面と向って聞いたらええもんやろか」

知るもんか。

私は清志が学校へ持ってゆく、新しい座布団を縫って黙っていた。

「オマエ、あの奥さんに聞いてみてくれへんか」

「何をです」

「僕のこと、好きですか、嫌いですか、いうて」

「それはいい考えね」

夫はしばらく考え、

「いや、オマエがきくと、向うは遠慮してほんとのことをいわんかもしれへん――オマエに気兼ねし、好きでも好き、と正直に言わへんやろ」

夫は、女性心理を洞察するごとく、勝ち誇っていう。

「ああ、そうかもしれない」

私は感心してみせた。そして、

「いったい、あの奥さんの、どこがそう気に入ったんです」

「もう、どこもかしこも、やな。第一、色けがあります」

私は吹き出した。

一見奇人風の夫が、女のいろけなんてわかるのかしら。

「それに声がよろしい」

私は考えた。ごくふつうの平凡な声。べつに、いい声というものでもない。強いていえば、抑揚にすこし甘ったれたひびきがあり、そこが、男心、というより奇人の心をくすぐるのかもしれない。

「それに、愛嬌(あいきょう)がある」

まあまあの所だが、向うは息子がせわになると思うから、こぼれんばかりの愛嬌をふりまくのも当りまえだ。

「けど、びっくりするやろなあ。お父さんが惚れた、なんていうたら、あの奥さん、おどろいて気絶するかもしれへん」

「やっぱり、そない、うれしいもんやろか？」

と夫は目を輝やかせた。

「そしたら、直接、いうた方が効果あるかな？」

「ダメよ、そんなことしたらダメ！」

私は狼狽(ろうばい)して制止した。夫は、ほっとくと今すぐにでも奥さんの所へ走ってゆき、市

役所へ出ている旦那(だんな)や、息子の前もかまわず、

「好きです、惚れてます」

というだろうからである。

「いったい、惚れてどうしようっていうの？」

私は意地わるく聞いてやった。

「お父さんもう、アッチの方もだめになってるし、お金もないし、テクニックでたのしませるという人でもないし、奥さんにしてみれば、くどかれても見返りがない、と当惑するでしょうね」

「うーむ、しかし、それは……」

と夫はつまり、

「いや、あの奥さんを試みたら大丈夫かもしれへん。うん、だんだん、そんな気がしてきた！」

といった。

「奥さんを試みるより前に、あたしで試みた方が、恥をかかなくていいと思うわ」

「バカ、オマエがあかんから、奥さんで試す、いうてるのやないか――奥さんに申込むのがむつかしいな」

「手紙、という手もあるわよ」

「いや、手紙は、生まれてから書いたことがないから、かいもく見当つかん。やっぱり

口でいう」

「面と向っていうの？　いざとなると、あがってしもうて、いうこと忘れてしまいませんか？」

「うん、個条書きにしてかいとく」

夫は嬉しそうに、部屋へひっこんだ。

　が、すぐまた現われ、

「おい、先に、あんた僕をどう思いますか、というのと、こっちから、僕はあんた好きです、いうのと、どっちがええやろ」

「むろん、男の方から、僕はあんた好きです、いうてくれた方がうれしいわよ」

「そうかね」

「そうよ」

　夫はいそいで引っこんだ。私は子供の座布団に、綿を入れていた。そしていった。

「でも、それをどこで、いつ、いうの？　ヘンなときにヘンな場所でいうと、一一〇番呼ばれるわよ」

「うーん。どないしたらええ？」

「まず、それを考えてからね」

　夫はこんどは、あれこれと考えて、個条書きは、あとまわしにしたらしい。

　夫だと思うから、腹が立つけれど、息子が一人ふえたと思うと気にならない。

却ってご愛嬌というものだ。

しかし、いつか私は、夫のあたまの中を想像している。ヒマラヤの秘境、四次元の世界、円盤、トイレットペーパー争奪戦に加え、市役所吏員の奥さんまでが加わって、五つどもえ七つどもえで、ごうごうと渦巻いてるのが想像できた。

そして私自身もまた、それに耳すましているのに気付く。次は何が渦巻きに加わるかと気にしている。結婚十年たっても、単純幼稚と思っても、やっぱり、夫は私にとって気になる男らしいのだ。

復古調亭主

私の夫は、中年になってから、いちじるしく、いうことすることが変ってきた。

どうも、右へかたむいてきた気味がある。

なぜかわからない。

ふしぎなことに、私の友人の旦那、同じような傾向を示しはじめた男たちが多いらしい。

まるで申し合わせたごとく、そうなってしまったのだ。

みな、昔の校長先生のような、はたまた、寺子屋のお師匠さんのようなことをいう。

それは、女学校のクラス会へいってわかった。

私は、四十四で、旧制高等女学校出身である。男女共学をしらぬ世代だ。

その代り、女学校のクラス会はいまだに連綿とつづいていて、仲よくつき合っている。

旧友の一人、お弓というアダナの高田真弓がいった。

これは旧姓だが、クラス会のときは旧姓を使う。彼女のご亭主は、商事会社の課長である。

「うちの亭主、このごろ、むやみやたらと昔風になってしもて、ほんまに面くろうてしまうわ」

とこぼしていた。

「昔風て、どんなんやのん？」

と、これも旧姓八田、愛称ハッちゃんで通ってる友人がきいた。

これは歯医者の夫人である。

「つまりさ、昔ニンゲンになってしもてんわ。なんでやろ、急に、親に孝、君に忠、なんていい出して。日露戦争やあるまいし、こっちはかぞえ歌でしか、しらんわ」

「あ！　それ、ウチもあるねん」

と、また一人が叫んだ。

「教育勅語なんて、このごろ、私ら、もう忘れてるわなあ、それがどういう風の吹きまわしか、『学ヲ修メ業ヲ習ヒ、以テ智能ヲ啓発シ徳器ヲ成就シ』なんて、これは教育の一大根本や、なんていい出したわ」

一人のそらんずる「教育勅語」に、みなみな参集者は、うっとりと遠いところをみるような目付きになった。

この、終戦後、無効を宣告された「教育勅語」は明治二十三年以来ずうっと、大日本帝国臣民の一大理念として、あらゆるものの上に、君臨してきたのだ。

私ども中年世代の古風人間、子供のときから、この勅語を意味も分らぬままに暗記させられてきたのである。だから、その一節をふと耳にすると、なつかしいような、やるせないような、忘れていた故郷のことづてを聞いたような気になる。お弓は、

「ときどき『教育勅語』なんて口にして、うーむ、やっぱりこれはええなあ、うまいこというてはる、これ以上の教育はあれへん、なんて感心してるのよ、へんな感じ」

「あれ、なんでおなじようなのかなあ、ウチもそうよ、このごろ、『忠君愛国』『滅私奉公』なんてことというてる時代は、純真やった、世の中がスガスガしかった、なーんて昔をなつかしんでるわ」

みんな、てんでにいい出した。そうして、われわれの亭主の世代、つまり四十代後半、五十代はじめにかかろうという男性（クラスメートの中には、一人二人年下の旦那をもっているのがおり、その人々は四十代のはじめであるが）は、近来、少々右傾の傾向があるので、きびしく監視しなければいけない、という結論に達した。

私は、そんな話を聞きながら、やっぱり、ウチもその通りだとうなずく所があった。

昔はそうも思わなかったのだが、夫はこのごろ、よく世相をののしることがある。

それは、若者を悪くいうことでもある。ひとり息子の高校一年の渡に、文句ばっかりいっている。おきまりの長髪のワルクチに、ステレオの音が高い、夜ふかしするな、電話が長い、金使いが荒い、勉強しろ、という叱言ばかりである。そうして必ずおわりに、

「昔の若いもんは、もっと、ビシーッとしとった」

という。

となり町まで自衛隊のパレードがくると聞いたりすると、夫は、

「渡。見にいかんか」

と声をかける。

息子はニベもなく、

「見とうない」

と返事する。

「何。見たくなくとも、見ておけ。男やったら、軍隊の行進みたら、血湧き肉おどる、という所があるもんや。見てるうちに興奮するもんや。おい、いこう」

「僕、いそがしい」

「何に忙しいねん」

「市民ホールでロック大会あるねん」

夫は、さすがに強制はしないが、不快きわまりない顔色である。

といって、夫は、あたまから、ロックを禁止するつもりもないらしい。ロックといい、ゴーゴーといい、赤いパンタロンといい、息子が時々はく、カカトの高いパンタロンシューズといい、拒否反応はあるものの、片端から投げ出して捨て去ったり、禁止したりするのではない。

しかし、心中、不平を押え、じーっとがまんしているらしい。

それが、このごろは、だんだん、露骨に出てきたというだけだ。

年のせいで、堪え性がなくなったのかもしれない。

半ば、あきらめの境地に達しながら、それでもやはり、一点、屈しきれない男の意地がある、とでもいうところだろうか。

息子の友人が三、四人、あそびに来ているところへ、夫が帰宅した。

「女の子が来とるのか」

「いいえ」

「赤い靴や、赤いカバンがあるやないか」

「あら、みんなクラスメートの男の子ですよ。この節は男の子も、色ものを身につけたり、持ったりしますからね」

息子の友人たちは、トイレへいくために、階下へ下りてくると、夫に向って馴々しく、

「こんにちは。お邪魔してます」

とあたまを下げた。

腰のなよなよと細い、やさしい顔立ちの男の子が多い。

よく手入れされた漆黒の髪を、肩に垂れていたりする。

私などからみると、服装は柔媚だが、ごくふつうの家庭の子供である。

「あんなドタマ、学校がゆるしとるのか」

夫は腹をたてていう。

「もちろんよ。この頃の学校は、長髪もおかまいなし、服装も自由なのよ」

「自由主義をはきちがえとる」

夫はにがにがしげにいうが、若者たちは、べつに悪気のある子供たちではなく、廊下

の本棚など通りがかりにのぞいていって、

「おばさん、これ借りてええかなあ」

などと人なつこくいったりして可愛い。

「何です？」

私は、男の子たちに紅茶を淹れつつ答えた。

「『春の編みもの』です」

「まあいやだ、コヤマ君、編みものなんかするの？」

「うん。ぼくうまいんや。お袋のセーターを編んでやった。勉強に疲れたとき、編みものすると、気がほぐれてええのんです」

「まあ。よけい肩がこらない？」

「いいや」

「お料理もできるんじゃない？　それなら……」

「料理はタケハラ君がうまいです」

「あきれた、じゃ、これからの男性はもうおくさん要らないでしょ」

「いや、おくさん貰て、働きにいってもらいます」

「バカね……さあ、お紅茶が入ったわ、コヤマ君、はこんで。おばさんケーキもっていくわ」

「ハイ。同じことなら、ウイスキーの方がええけどなあ」

「ダメダメ。未成年やないの」

などと私は、若者たちと、心たのしくしゃべるわけである。

うすら禿で、下腹の出た、年中、深刻な顔をしている夫などとしゃべるのよりは、数等愉快なのは当り前であろう。

夫は、私と少年達の会話をにがにがしく小耳にはさみ、

「あの連中、勉強できるのか」

ときく。

「さあ」

私は、息子に一々、友人の成績など聞いていない。人の息子の成績など気に病んでどうなろうか。二階ではレコードが鳴り出した。

「ああいう痴呆的な音楽を喜んでるようでは、あたまの程度も知れてるやろ」

と夫は晩酌を切り上げて食事をはじめつついった。

「あんな程度の若者に、オマエはよう、嬉しそうにしゃべるな」

だって少くとも夫と対するよりは楽しいのだから仕方ない。少年たちは図体ばかり大きいが、まだ子供なのである。

「いったい何を考えとるのやろなあ、男のくせに、あみものだの、料理だの」

「それもええのとちがいますか、お父さんみたいに、私が病気になったら、たちまちお手上げ、ガスのつけ方も知らんというのは困りますからね」

「男はこまごましたことは知らんでええねん。人間がみみっちく、小そうなります」

「そうかなあ。これからは、もう、そんな時代とちがうと思うなあ。男の子にも裁縫、炊事を教えるべきよ」

「バカなこと、いうもんやない。男に縫いもんさせてどうなる。女は一たい、何をするのや」

　昔は夫も、こんなことはいわなかった。しかし、この頃、むやみに、そう主張するようになってきた。私は、いってみる。

「前は、女が女が、とか、男のくせに、なんてこと、いわなかったのに、このごろ、お父さんよくいうようになりましたね」

「いや、前から思うておった。しかし、この頃ほど、道徳がくずれるとは思わなんだからや。もう、黙っておれません」

「崩れてますかね。べつにそうは思わないんだけど――まあまあ、ふつうとちがうかしら。若い子たちもノビノビしてるようやし」

「ノビノビしすぎて、性根のない感じや。オマエ、さっきの細っこい男の子にな、昔の三八式（さんぱち）の銃なんか持たしてみい、じき、くたばりよるわ」

　夫は何か恨みでもあるかの如くにくにくしげにいい、

「ああ徴兵！　徴兵制度は、復活せにゃならぬ。男というもんは、集団生活の中でしごかれてこそ、一人前になるのです。昔は徴兵にいって、みな、ピーンとスジ金入りの男になって戻っとった。どんなボンクラな男の子でも、兵隊のメシ食うたら、いっかど、しっかりして戻ったもんや」

「今でも、行きたい人は自衛隊へいけば、ええやありませんか」

「いや。自衛隊はあかん。ああいう、アメリカナイズされた、遊び半分のはあかん。オマエ、自衛隊の行進見たか？」

「いいえ」

「旧日本軍の行進は見たやろ」

「ええ、子供のころに見たわ。日の丸の旗を振って送ったわね」

「行進一つとってみても、いまどきのはダメです。あっち見、こっち見して、キョロキョロしとる。性根が入っとらん。昔の日本兵の行進は魂があった。厳粛なもんやった」

そうかなあ。

日本内地では、一糸乱れず、整然と行進してたかもしれないけど、戦地へいったら、もう、しどろもどろ、泥水すすり草をかみ、死の行進だったではないか。

私は性根がないといわれようと、ボンクラといわれようと、私のひとり息子の渡を、戦争でとられるのはいやである。

再び母親の手に還(かえ)されたときには、息子は五十、私は七十の老婆になっていたりしてはたすからない。

いや、それでも小野田さんのように、無事で還ればよいが、白骨になって戻されてきたのでは、泣くにも泣けぬ。

「何にしたって、兵隊のメシなんか、渡に食べさそうと思わないわよ、私。戦争なんてまっぴら、まっぴら」

「バカ。誰が戦争したいというた。徴兵！　これですぞ。いまどきの青年に活を入れるために、徴兵制度を復活して、集団生活を味わわせたらええ、というとんねん」

私は、さっそくお弓に、あくる日電話を入れた。

「ね、オタクの教育勅語旦那、このごろどう？　うちは、近頃、徴兵制度復活を唱え出したわ」

「ウーム。似たようなことを考えるものね、中年男って」

お弓も唸った。

「うちは、修身復活よ。やっぱり、ああいうことは教科書で教えないとだめだって」

「ああいうことって？」

「教育勅語の中の一つ一つよ。父母ニ孝ニ兄弟ニ友ニ夫婦相和シ朋友相信ジ、なんてのから教えていくんですってさ」

更にお弓は、

「松井さんとこのご主人なんかね、去年から、建国記念日に、一家で橿原神宮へ参拝することを年中行事にされたそうよ」

「うーん、紀元節亭主かァ」

「ハッちゃんとこは、子供に、毎朝、皇居遥拝を強制してるんやて。ハッちゃんは、美容体操だと思って、やらしてるらしいわ」

「たいへんなことになってきたわね、これはボヤボヤしてられへんわ」

「復古調ムードよ、どこもかしこも」

「ささやかでも、われわれの力を結集し、団結して抵抗すべきやね」

「そうよ、終戦後三十年もたって、今ごろ何を言い出すねんやろ」

「血迷うたん、ちがうか」

「ほっとくと、また戦争しだすよ。ボチボチ、戦争ごっこ、しとうなったん、ちがうかしらん」

「男って、戦争とか兵隊の行進とか、勲章、大砲、飛行機なんてのをあてがっとくと、泣かないで遊んでる気味があるね」

「そういうこと、そういうこと。——そんな物騒な連中に、息子たちを渡されへんわ」

「女は若者たちの味方よ。息子たちを戦争ごっこから守らな、あかんねんわ」

「また、何ぞあったら教えてよ。私、クラスの人らに電話で、警告しとくわ。連絡を緊密にしようね。がんばって！」

とお弓はいって電話を切った。

復古調ムードの旦那は、クラスメートの連れ合いたちばかりかというと、そうでもないらしく、夫の会社の男たちも、そうだという。

「このごろ、奈良や大和の御陵さんめぐりが、会社でハヤっとんねん」

「まあ。歴史ブームですものね」

「御陵さんのスタンプもろて来て、喜んどるの、多いなあ。若い者もけっこう好きやなあ」

「ハイキングのつもりでしょ」

「それもあるかもしれんが、天皇の御陵に参詣して、君に忠、というすがすがしい心境を味おうてるのとちがうかなあ」

「また古くさいことをいう」

私は、ハナで笑う。夫はムキになり、

「これは古い、新しいに関係ない。日本人として当然、わきおこる感動です」

あんまりいうと、なおムキになるから、私はすこし、ひかえた。

そうして、ムキになることと「ひたむき」ということはちがうのだ、なんて考えてる。

「ひたむき」には、何か美しく思いつめた、純情一途の、人の心を打つようなものが感じられる。思い迷うことなく、愛と信頼を賭けて打ちこんだような、たじろがぬ心のつよさ、そんなものを意味するように思われる。

しかし、「ムキ」は、ただもう頑固一徹、人がナニをいおうと、耳にもかけず、まちがったことを思いこみながら、自分ではそうと気付かず、頑として自説をひるがえさない、そういう、手のつけようのない、あたまの古さ固さを意味するように思われる。

そうして私の夫は、あとの方の「ムキ」であるように思われる。ムキになると、夫は声が大きくなり、自分でも知らず、声が裏返ってゆく。ムキになる人は生き難そうである。なみの人間の倍のエネルギーがいるからだ。なんでそんな、力を入れないかんねん、と思うほど、カッカしたりする。

「でも、徴兵の、御陵めぐりやの、お父さん、このごろどうかしたの？」

私は、うすら禿の夫の顔をつくづく、見つめずにはいられぬ。平凡な会社の課長クラスが、突如、申し合せたように右傾化するとは、どういうことだ。

「いや、このごろの若いもんは使いにくうてな――わがまま勝手でエゴで礼儀を知らん。こういう連中に、ぜひ、昔の軍隊教育で活を入れとうなったんや」

ははん、よめた。

部下の若者たちが手にあまるのを、新時代の悪しき風潮のせいだと思っているのだ。

「それよか、オマエたち中年のオバハンの方が、このごろ、どうかしとらへんか」

夫は、私を攻撃してきた。

「あたしたちがどうしたんです？」

「いやにアカがかっとるぞ。子供の教育にしろ、家事にしろ、いうことが一々、常識にはずれとる」

「そうかなあ。そうは思えないんだけど」

「いや、戦後三十年たってみると、もう自分でわからんようになってしもとんねん。いかに日本の婦道からはずれとるのか、よう胸に手ェあてて考えてみい」

「たとえばどんなことよ」

「そやなあ」

夫は首をかしげ、

「まあ、あんまりありすぎていわれへん、まあいうたら、まず一々、夫のいうことにさからう。タテつく」

「意見をいってるだけです」

「それ、そないして反対する。おまけに勝手に外をうろつく。PTAやクラス会やと、家をあけて平気。家の主婦という意識が薄い」

「フフン」

「子供の教育にしろ何にしろ、女だけで独断専行する。じっに横暴」

「男はたよりないからです」

「それ、そうやってすぐ口答えする。昔は婦道というものが確立しとったから、女の守るべき道があったが、今は何にも無うなって女は、糸の切れた凧みたいに、野放図に飛んでゆく。どうもけしからん」

「何さ、この頃のお父さんぐらいの年頃の人こそ、けったいよ。まるで軍国主義の亡霊みたい」

私は、夫が便所へ入ったすきに、いそいでお弓に電話した。――お弓といったって今はもう、いいオバハンなのだが、女学生のころの友人というのは、すぐ、古い愛称で出てくるのだからしかたない。

「婦道、ときたわよ、ウチの亭主。お前らもっと婦道を守れ、だってさ」

「うーむ。なつかしいコトバだなあ」

とお弓はしばし、うなっていた。

「あんたとこの旦那、ワリカシ文学趣味があるじゃん。最近、何か読んだのかな」

「さあ。本よむような御仁じゃないけど、婦道なんて古いコトバ、どこから埃払うても
ち出しよってんやろ」

「武士道に対抗するコトバやな――周五郎の小説にもあったわ。郷愁を感じちゃうな」

「テキの言葉になつかしがっとったらあかんがな」

「ハッちゃんに聞かせてやろ――それで、あんたはどういうたん？」

「軍国主義の亡霊、いうてやった」

「なるほど、ウチの旦ツクはこのごろ、義理人情ということをしきりにいうねん」

お弓のところも、かなりの復古調であるらしかった。

私は電話を切ってトイレにいった。出てみると、夫は電話をかけていた。誰にかわからない。

「そやそや、婦道ちゅうもんが、日本にある、お前らそれ忘れてへんか、いうたってん……」

相手は、それではどう返事しよったか、と聞いたにちがいない。

「うん、ほんなら、軍国主義の亡霊や、ぬかしよった」

相手は紋切型だといったにちがいない。

「うん、紋切型で月並みや。そやから、婦道いう言葉きいたときは、目ェ白黒しよったわ、ハッハッハ」

相手は、こたえたのだろうといったにちがいない。

「うん、こたえたとみえるわ。——この頃の女連中、何し、あんまりのさばり返っとるさかいな、どうも腹立つ。とくに四十代のオバハンは最低。ボチボチに、あたま撲ついて、凹ませな、いかん」

向うは、「そういうこと、そういうこと」といったにちがいない。

「また何か、ええコトバ思いついたらいうてくれ、オバハン連へこますようなヤツ。——こっちも、あちこちへ電話しとくわ。連絡を緊密にしてがんばろうやないか」

と、夫は電話を切った。

そうか。

これでわかった。

夫は誰かと連絡してるのだ。私がお弓やハッちゃんと電話で情報を交している如く夫も、友人連と情報を交換し、わが陣営を強化しているのだ。

まけられるものか。

道理で「婦道」なんて古くさいカビの生えたコトバが出てくると思った。——夫ひとりの考えではないと思ったらやっぱりだった。

このごろ夫は、私に、いちいちうるさく礼儀をいう。便所に入って放屁(ほうひ)するのまで文句をいう。便所でいけなきゃ、どこでするのだ。

「何処にしたかて、程度、というものがあるのや」

夫は重々しくいう。

「何ぼ天下御免のところやいうたかて、あんまり野放図すぎる音をたててはいかん」

「出ものハレモノところきらわず」

「一々口答えするな。昔は女大学という本に、『女は夫を天とすべし』とあった」

「保守反動のバケモノ」

私は大いそぎで、お弓にまた電話した。

「『女大学』まで出て来たよ。復古調は、とどまる所を知らず、やね」

「女性蔑視(べっし)もええとこやな。しかし、『女大学』ねえ——うん。なつかしいなあ」

「もしもし、お弓。片っぱしから、テキの作戦に感心しとったらあかんやないの。彼奴(きゃっ)らがそんなことというのは、これはあきらかに居直りやからね」

「男の悪アガキでもあります」

「そうそう、挑戦状でもあるね」

「けど、女大学やの婦道やの、いわれるとじつになつかしくてねえ。あんた、そんなことなない？　婦道守っててすむもんなら気楽よ」

「しかし、そんなん守ってたころは、世の中が泰平やったんやから」

「こんな物価高もないし」

「男にひたすら仕えてたら、食べられとってん」

「いま、そんなこというてたら、一家心中や。しっかりしよう」

と、たがいにはげまし合う。

しかし、そういいながら、私だとて、家の中で、夫を粗末にしているわけではないのだ。何でも夫を一ばんはじめに据えて、たいせつにしているのだ。少くとも自分ではそう信じてるのだ。食事だって、まっ先に夫を呼びにいく。

「お父さんごはん！」

するとは夫は、坐ったままじろりと私を見、

「何やそれは」

「何ですか」

「つっ立ってモノいう奴があるか」

「じゃどうすんの」

「何というなさけない。四十にもなってわからんか。膝をついてしとやかにいうもんや。三つ指をつかんでもええが、もっとおとなの女らしく、優雅にいいえ」

「そうかなあ。がさつとは思わないけど」

「がさつや。お父さんごはん！　とは何や。お食事になさいますか、といえんか」

「お客さんにならいうわよ。二十年も連れ添った亭主に今さら、あらたまること、ないでしょ」

「バカ、二十年も連れ添えばこそ、ていねいにいうてほしいのです」

私が、侮蔑的な表情を浮べたせいか、夫は重ねて、

「これから、ビシビシしつけていくから、そのつもりでおれ」

と言い捨てた。

私は、お弓に電話せずにはいられなかった。

「これからしつけていく、ときたよ。ほんとに女なんか、しつけられると思ってんのかしら！」

「まあしかし、退屈しのぎでいいんじゃないの、ケンカのタネができる。ウチだってさ、いまや箸のあげおろしにコゴトなんだ――昔の女は、そう大めし食らわなんだ、とか、そういぎたなく眠らなんだもんだ、とか」

どこの家も激戦中らしかった。

夫は、骨董屋で、古い写真を買ってきた。そうして、私が掛けたピカソの絵とかけかえた。

「昔の、ちゃんとした日本人の家には、みな、こういう写真があったもんです」

ふと見ると、それは天皇陛下のお写真だった。

二重橋の上に、ご愛馬「白雪」にお召しになって、立たれたものである。写真は黄ばみ、隅の方はすこし破れ、額のまわりの塗りもはげているが、中のお写真はなつかしいものだ。

夫は、ていねいな手つきで塵(ちり)を払い、慎重に、鴨居にかけて、とみこうみ、歪(ゆが)みを正した。

「この横に日の丸の写真かけるねん」

「西郷さんの写真やないんですか」

「それでもよい」

「皇太子さまの赤ちゃんの頃のお写真かけてる家もあったわね」

「追々にそろえていく。それにつけても、イレモノができたら、今度は中身です。本当の日本人らしい家庭を作らんといかん」

「ヘッ。日本人らしい家庭ってどんなんです」

「そやな」

夫はまた考え、

「まあ、妻は夫を慕いつつ、という、アレです。まず女房をしつけるつもり。次に、息子の育て方を研究する。これからは、勘当も復活する」

「ふーん」

「何でも昔風がええなあ。女こどもはみな従順に、一家の長のいうことをよく聞いて、すべてその指図にしたがってもらう」

「そんなことしてて、大丈夫なの？」

「大丈夫とは何や」

「任せられるの、といってんの。お父さんたよりないとこ、あるんやもん」

「何をいうか。女は男に従っとりゃええのだ」

「そういうのは甲斐性のある男のいうこととちがいますか」

「そういう口答えは一切、ゆるさんのです。これからは自衛隊のパレード見にいく、いうたら、みんな揃って見にいく。口答えするなといえば一切せん。長髪を切れといえば、さっと切る」

「親爺、どうかしたの？」

と息子はびっくりして私にいった。

「何ンか、いまはやってるゲームらしいのよ。中年のオッサンの間で、復古調がはやってるんだってさ」

「ふーん、なら、家でもこれから、『さよう、しからば』という調子でしゃべれば？」

と息子は面白がっていた。

それにしても、二重橋のお写真を真上に見ながら寝てるのも、すこし、居ごこちのわるい感じだった。

「ねえ、これどこか、ほかへ掛けた方が、ええことないの？」

「なんでや」

「だって——例の最中に、神々しいお写真に見下されてるなんて、こまってしまうわ」

「例の最中とは」

「いやなお父さん、わかってるくせに」

「あほ」

　と夫は威儀を正し、

「そういうことをいうものではありません。何をはしたないこと、いうとんねん」

「じゃ、どういえばいいの」

「だいたい、そんなこと、女の方からいうもんどちがう。女はだまって待っとくだけやねん。自分から男にもちかけてそそのかすとは、どういうこっちゃ」

「そそのかす、と来たわね」

　私はお弓に電話したいところだったが、

「大仰にいわないでよ、お父さん、そそのかして何とか恰好つくもんならそそのかすけど、このところ、どうもならへんやないの」

「それそれ、そういう、えげつないことをズケズケいう。それが女のいう言葉か」

「だって本当のことやもん」

「少しは遠慮、ツツシミというもんをもったらどないや」

「何だか、お父さんのいうのん聞いてると、昔風にやったら、女はすべてソンなようにおもえるわ」

「そういう、不足不平もいわんことですな。すべて頼っとったらええねん」

「さいそくしてもいけないのね、女から」

「何を」

「何をって……きまってるでしょ」

「あほ、ばか、まぬけのスカタン。昔の女はそんなことを自分からいうくらいなら、はずかしがって首くくっとった。何で今のオバハンは羞恥心（しゅうちしん）がもてんか。もっと女の羞恥心をもちなさい。欲しがりません、勝つまでは、です」

羞恥心をもっていればいいのかというと、夫はそれをよいことにして、ぐっすり眠りこんでしまう。

翌日、お弓へ電話を掛ける。

「このごろ、何でも亭主のいいなりなんだ、うるさいけど、一ぺん様子みようと思って、そのままにしてるよ」

「うん、うちもいっしょよ」

「夜なんかも、ずうっと旦（だん）ツクのご気分次第なんだ。それが何てコトバを、私に教えこんだと思う？」

「しらない。こんどはどんな復古調？」

「欲しがりません、勝つまでは、だって。バカにしてる。もうどっちみち、ダメなくせに、そんなことといってごまかしてるんだ」

「うーむ、ずるいな、男って」

とお弓は憤慨し、

「向うがそういくなら、こっちも、対抗してやるよ。『進め一億、火の玉だ』なんてどうかしら」

「うん、それも、戦争中あったあった」

と私は大よろこびした。

「それでもきかなければ、『生めよ殖やせよ』とやりなさい。すべて昔風、復古ムードでいくんなら、それも復古調で行ってもらうべきやね」

と、お弓は悪ヂエをさずけてくれた。

その夜、夫が二重橋の写真の下で、ねむりに入ろうとしたとき、私は、

「ねえ」

とゆすぶっておこした。

夫は眼をあけて、

「うるさいな。ちゃんと、女のツツシミを教えてやったやないか。女のくせに、ねえ、と鼻を鳴らすとは何だ。はしたない。気をつけなさい。女大学の教えにはずれとる」

「進め一億火の玉だ、というの知ってる」

「何のこっちゃ」

「昔、あったでしょ。昔風にやるんだったら、この標語の通りやってほしいわ」

「ムム」

「生めよ殖やせよというのもあったっけ、昔風にやりましょうか？」

夫は閉口して、話をそらした。

「その標語もおぼえてる。なつかしいなあ。——しかし、やっぱり、『欲しがりません、勝つまでは』が一ばんなつかしい、戦中派としては」

私も、つい、つられてしまう。

「小学生やったかな。女学生やったかしらん？……電柱や塀にべたべた、貼ってあったんおぼえてるわ。あのころ、もうお菓子やオモチャがだんだん、姿消していってたよって、よけい、子供心にこたえてんわ」

「うん、思い出すなあ——この標語は子供むけの標語やったけど、作ったんもたしか、小学五年生の女の子やってんで」

「そうお、戦争中のけなげなヨイコのかんじやねえ……」

いつのまにか、復古調も現代調もなく、しょせんは、われわれの世代は、戦時調であるらしい。お弓のところも、似たようなものではないかと、私は思いながら、神々しい写真を仰いでいた。

坂の家の奥さん

私の夫は、コゴト幸兵衛の方に入るであろう。そして物凄い疳癪もちである。また、ものをいうのに、ふつうにいえない。ゴッゴッと叱るように、腹立ちまぎれにいう。

結婚したての頃からその気があったが、十年ちかくたっても、ちっとも変らない。いや、ますます、嵩じてくるかに思われる。

それでも、外ではあんまりどならないらしい。いや、どなったり腹をたてたりできないのだ。いまどき、どなったら、若い者は居つきはしない。

そのぶん、私にどなるわけだ。

私だと遠慮がないと思っているんだろう。家にいついているから。

私だって腹の立つときはある。しかし私は、夫にコゴトをいわれても、疳癪をおこされても、すぐ忘れてしまうところがある。

耳にたこである。が、他人だと、こうはまいらない。

夫は、親ゆずりの会社（タオルやシーツを扱う卸問屋）の社長である。

社長といっても、五、六十人ばかり、しかも実権は、専務をしている叔父が握っていて、夫にはあまり自由がないらしい。

夫の弟も一時、会社に身を寄せていたが、叔父とケンカしてとび出し、今は別の会社に勤めている。

叔父はその代り、自分の息子を入れ、夫は叔父と従弟に乗っとられるんじゃないかといつも怒りと懸念が心中にあって、心労が多いらしい。腹立つこともあるのだろう。

そのぶん、私にどなるわけだ。

また、わが家には口うるさい姑がいる。

彼女は今でも私の夫に口うるさく「ああせい、こうせい」と指図する。夫は母親にどなれないものだから、そのぶん、また私にどなるのだ。

また、わが家には更に口やかましい義姉がいる。出戻りで、昼間は勤めている。学校の養護教諭である。この小姑も、いまだに夫を小学生のごとく、〈そんなことしたらあかん、あんたはええ年してお坊ちゃんや〉だの、〈私のいうようにしなさい、あとでいうこと聞いといてよかったと思うから〉などと指図する。

つまり、この家は女系がナゼカむやみとハバきかせ、それが夫には心外で腹が立ち、癪にさわるのだが、さりとて、追い出すこともできず、面と向ってケンカもできず、不満、疳癪は内攻して、ウヌ！　ということになり、そのぶん、私にどなるわけだ。

それゆえ、私は夫の憤怒、立腹、疳癪を一手にひきうけてしまうのである。夫にどなられると私はうろたえて何をするか分らない。

だから、新ちゃんとあんな風に、なったのだ。――と思っている。

こういうと、女はそれだからいけない、すぐヒトのせいにする、と叱られそうであるが。

あるとき、姑が次男の家へ泊りにでかけ、義姉も学校の修学旅行につき添っていったことがあった。

数日間、夫とふたりきりの暮らしがつづいて、それも、夫は昼間は出勤してるす、私はうれしくってたまらなかった。

核家族の人々には、この解放感はわからないだろうなあ。

最初の日なんか、

「一日中私一人なんだ、なんだ」

と自分にいいきかせ、おろおろしているうちに日が暮れてしまった。

夫もうれしそうに帰ってきた。いないのはわかっているくせに、わざわざ姑と義姉の部屋をのぞき、

「ふん。ほんまに二人だけか」

といった。夫も、物珍しそうであった。

早くから戸締りしてカーテンをしめ、夫は風呂へはいった。

姑はそれでも時々、義弟や義妹のうちへいくが、小姑の義姉はめったに家をあけない。たまに旅行にゆくと、「不用心だから」という口実で、西宮の方へ嫁入りしている妹(私にとってはやはり小姑に当る義妹)をよび、泊らせたりする。すると義妹は子供連れで泊りに来たりする。

どうもそれは私が思うに、義姉は、

（るす中、勝手なことをされたら困る）

とお目付け役によこすのではないか。

また、私と夫が二人きりになるのを妨げるためのもののようにも勘ぐられる。

そうしてこの妹の子供がよく泣くガキどもで、うるさい赤ん坊に腕白ざかりの四つ五つ、手をとって煩わしい上に、義妹は私より年下のくせに「トモヨさん、トモヨさん」と呼び、いっぺんくらいは「ねえさん」と義理を立ててもいいではないかと、私は愉快ではないのだ。しかし今度は、たまたま義妹一家は旅行中だったので、誰も泊りにこないのであった。

夫婦ふたりきりなので、夫も手もちぶさたらしかった。

というより、私の方でも、コゴトをいわない、文句をいわない夫は勝手がちがって、ヘンだった。

いつもだと帰宅そうそう、

「門灯がついてない」

「ガレージの戸があいてない」

と文句をいうのだが。

私も文句をいわれなれているし、夫も文句をいいなれているのに、いわない、なんてヘンな感じ。

夫をみると間が悪そうな顔をしている。

夫はカマキリのように瘦せてほそ長く、あたまは禿げ、縁なしの眼鏡をかけ、頰の肉のこけた、神経質そうな男である。そうしていつも暗うつな表情をし、口もとは皮肉にゆがんでいる。オシャベリな姑や義姉の前ではものをいわず、そのくせ、私の前だとオシャベリになる男である。

でも今日は、どんな顔をし、どんなことをいえばいいのか、途方にくれたさまである。

「ごはんにしましょうか？」

「風呂へ入って来たらええねん、いま、ええ湯やわ」

とビックリするようなやさしい言葉。私はあわてて入浴することにした。たまに夫がやさしい口をきくと、なぜか、私の方が気はずかしくなって、

（いいんですか？　恰好わるいんじゃないの？）

などと夫のために同情してやりたくなる。

湯気がこもって暑いので浴室の窓を開けた。

私の家の坂道のゆきどまり、山のてっぺんで、窓をあけたとて見る人はない。ひと山ぜんぶ、住宅街で、私の家はそのいただきを占めている。だから、闇の底に町の灯がきらめいてみえる。

門とガレージは道路に面した下にあるが、そこから邸にかけて、庭は斜面になっており、庭の水銀灯がぼんやりと植込みを照らしている。

私の家の座敷からは、居ながらにして阪神間の灯がみえるのである。芦屋は古い住宅街なので、夜がふけると音もしなかった。

ビールで乾盃してゆっくり食事をした。

「夫婦だけって、いいものねえ」

と私はいった。夫も、「ムム」と返事する。にが虫をかみつぶした顔ながら、（口もとの偏屈そうな皺は変らないが）眉のあいだは、常よりも朗らかに冴えていた。

私たちには子供がない。はじめの子は難産で死に、次の子は帝王切開で産んだが、発育不全で一年くらいで死んだ。

それから怖くなって作っていない。夫は三十九で、私は三十四である。

でも今は、子供のいないのも「ええもんや」という気がする。疳癪もちの夫も、まんざらでないという気がする。

ほんというと、こんな気になるのは一年にいっぺんもない。

今夜は誰一人見とがめるうるさ型がおらぬのを幸い、私はうんとごちそうをして、テーブルから皿が落ちそうであった。

私はそのどの料理も、われながら美味しくってたまらなかった。私は食欲はどんな時でもあるのだ。うどと胡瓜のごま酢和え、はまちのいきのいい刺身がどっさり、豚肉の甘煮、かますの塩やき、さよりの糸づくり、わらびと椎茸、小芋、ゆばのたき合せ、こんなにおいしいものはなかった。

「よう食う奴ちゃなあ」

ふと見ると、カマキリはもう箸(はし)を置いて呆(あき)れた如く私を見ていた。夫は小食で、あちらの皿、こちらの皿をつつきちらしたような貧弱な食べ方をする。

「いよいよ、コテンになってしまうぞ」

と夫はいう。コテンというのは夫が私につけたあだなである。タテヨコ共にのびのびと大きい私は、横にころがすとコテンと転がってゆくのではないかというのだ。そうして私の食欲をさげすむような言い方をする。

この家ではそうたいに、食欲は卑しむべきこととされている。

姑の自慢は小食で腹がへらない、ということである。義姉の自慢は、いつか、働く婦人の何かの会の席上、遠くから、さる宮妃殿下を拝見したことで、妃殿下は水気のあるものを一切摂(と)られず、かつまた、ごく小食でいらしたというのだ。水気のあるものをとると汗をかく、人前でトイレへいかねばならぬ。それを考えての上だ、というのだ。

なんとお気の毒な。私が思わずそう嘆息したら義姉は目をむいて「ハイソサエティというものはそういうもんなのよ、芦屋の気風に似てるから、私にはよくわかるんだけど」といった。この義姉は、芦屋で生まれ育ったので、このへんが日本最高の地だと信じ、大阪の下町育ちの私を軽蔑(けいべつ)しているふしがある。

芦屋、というのを説明しないとわからないだろうけれど、たしかに芦屋市の山手の高級住宅街には一種、独特の雰囲気がある。日本最高級の住宅地、という矜持(きょうじ)が、どの住民にも根強くあって、私は芦屋の土地は好きだが、その気風を好かないと思うものだ。排他的でヨソモノをバカにする傾向になってあらわれる。

でも現実の芦屋市は豪邸、美邸が並んでいるけれど、戦前そのままのつくりなので道幅せまく、車の入らぬところもあり、また、坂道が多い。それから豪邸も維持しにくくて会社の寮へ売り払ったのや、人に貸してるのや、さまざまである。

私が夫と結婚してしばらくたったころ、近所の誰ともしれぬ人から電話が掛ってきた。

「お宅の若奥さまはヨソからおいでになって芦屋のシキタリをご存じないでしょうけどね、ゴミの掃き方にもっと気をつけて下さい。芦屋じゃ、芦屋のやり方がありますわ」

私は飛び上った。ゴミをそのとき、どんなふうにはいたのか、今では忘れてしまったけれど、芦屋を知らない、ときめつけられてビックリしたのだ。何という大層な、大仰な土地だろうと思ったのだ。何さまのおわしますかは知らねども、芦屋山手の住民というのは、このくらい気位が高いのである。金持というのは気むずかしいものだとつくづく思った。私は、地域の婦人会に出もせず、つきあいもしなかった。義姉はよその家へも訪問しているようだ。そして宮妃殿下のお噂をして有難がっているのだろうが、私は、思うさま水も飲めないようなくらしをいいとは思えないから、有難くない。すると義姉や姑は、ハイソサエティに関心と好奇心をもたないような人種は、芦屋に住む資格はない、というような言い方をする。私は水も食事も充分にとれる生活がしたいだけである。

金持だったら、まっ先にまずそれをしたいものである。なのに、却って小食になり、水も控えるとは何ごとか、芦屋というのは矛盾の多い町だ。

食欲の話からそれてしまったが、そんなぐあいで、コテンというあだなには、生まれついての芦屋族の蔑視的なものがふくまれているのである。

食事がすみ、夫は持薬の漢方薬を淹れていた。このごろは紙袋に入って紅茶のティーバッグのようになった漢方薬があるのだ。夫はヨーヨーのごとく克明に熱湯の中で振って汁を出す。胃弱の彼は、もっぱら漢方薬にたよっている。小食の彼が胃弱に苦しみ、大食の私が健康すぎてもてあますとはどういうことだ。

さて、食事も薬もすみ、入浴は早くにすませた。あとは寝るだけだ。

実をいえば、ここ一年半ばかり、夫とはむつみ合ったことはなかった。それは寝室を別々にしてからである。

ずっと結婚してからは一緒の部屋にいた。もちろんである。しかし一年ほど前、夫は胃の具合がわるくて書斎で寝ていたことがある。気楽だったとみえ、それから、その部屋で独りで寝るようになった。そこは、もとの寝室のとなりなので、私の部屋へやってくることもあったが、いつとなく絶えてしまった。

夫にいわせると、寝室でねていて、仲よくしているときに、姑や小姑が二階からおりて来て台所へいく、あるいはトイレへいく、その物音が手にとるようにわかってわずらわしいというのだ。

彼女らはいまはじめてトイレへいったわけではなく、十年ちかくそうなのだ。しかし夫にしてみると、ちか頃、急に耳につき、気になり、こだわるようになったのだという。書斎だと朝までぐっすりねむれるという。

　私はどっちへ夫の床をとろうかと考えた。今夜は姑たちがいないので、書斎へ眠る必要はないわけだ。といって、寝室へとったら書斎へねむるというかもしれない。夫はあまのじゃくな所もあるのである。しかし、はじめから書斎にしたら、白々しいようで、かつ、私が拒絶を婉曲に仄めかしているようにとれるかもしれない。

　私の仲人をしてくれた奥さんが、よその人と話していて、

「夫婦というものはやはり一緒の部屋にいるべきものですわよ。いえ、別々にするのはいつでもできますけど、こんど一緒になるキッカケは中々できないんです。赤ちゃんの泣くのがうるさいからと別の寝室に眠ったばかりに、とうとう、一生同じ部屋で寝なかった人もいますわ」

　といっていたが、今ごろ思い当るわけである。

　夫は応接間でブランデーを飲んでいた。珍しい。そうして、窓ごしに、目の下の町の灯を見ていた。酒に弱いから、ひとくちふたくちすすっただけで、もう廻ったらしく、

「今夜はそっちへ寝る」

　といい、グラスを持ったまま、やってきた。

　それでわかった、その一言をいうために飲めない酒を飲んで元気をつけていたのだ。

私は久しぶりで蒲団を二つ並べて敷いた。

と夫もうれしそうだった。

「何年ぶりかしらん。やりかた忘れてしもた」

「二人で思い出してみましょうよ」

「コテン！　コテンとなれ」

と夫は私を呼んで上機嫌だった。ゆっくりていねいに、やり方を思い出して、すばらしかった。ところが、そこまではよかったが、すむとすぐ、夫は思い出さなくてもよいことまで思い出した。

「風呂のタネ火、消したか？」

私は忘れていた。

「風呂場の窓を閉めたか？」

それも忘れていた。私はとんでいった。

「灰皿、マッチ！　水差！」

帰ってくると夫はそう叫び、私はまたあわてて揃えた。

「よう忘れるなあ。毎晩、してるこっちゃないか、さっさと揃えなさい」

「でも今夜は蒲団をこっちへ敷いたのでつい、勝手がちがったのよ」

「また口答えする。どうして女はそこで、ハイといわん。自己弁護ばっかりするな」

夫は煙草を吸い、ふと壁を見上げて、

「あの額が曲ってる。見るたびに気になる。毎日、どこ見て掃除してんねん。上の空でハタキかけてるからです」

私が見ると、チチアンの複製がすこしゆがんでいた。私はちょっと直し、それから夫のそばにもぐりこもうとすると、

「いや、やはりあっちの馴れた所で寝よう。あっちへ蒲団をもっていってくれ」

すんだら他人のような顔をしている。

「シーツのアイロンのしかたが、雑やなあ――これはトモヨか？」

「おかあさんよ」

「糊のつけ方が、こわすぎて、体痛いときあるねん」

私は枕元の小道具をすっかり、隣の書斎へはこんだ。こんなことならはじめからこっちにすればよいのに。

ブランデーのグラスも運ぶと、

「もう要らん」

といい、

「上の電灯を消して、いや、小さい灯だけつけといて……そうそう。眼鏡スタンドがないぞ」

夫は潔癖やであるから、顔にかける眼鏡を畳へじかに置くのはよくないと、枕元に眼鏡スタンドなるものを置く。

「もうええ」

下ってよろしい、ということである。私は怒るよりも味気ないというか、肩すかしを食らわせられた気持でいっぱいだった。

「あしたも、ここへ敷くんですか？」

「あしたになってみなければわからん」

しかし夫は根ッからへそまがりなのではなく、それなりに気のやさしいところもあるのだ。

翌日、またも、私ひとりだと思うとうれしくて、買物にいったついでに駅前の有名な菓子店へはいって、高名な西洋菓子を買った。かねて超一流の味だと評判をきいたからだ。

「いまご注文を承りますと、明後日(あさって)になりますが」

と店員は恭々しくいった。私はしんそこ、びっくりした。菓子と洋服の仕立てとまちがってるんじゃないのか？

「いえ。全部、手作りでございますので……予約を頂きまして、こちらの指定日時にお引きとりにいらして頂くようになっております」

店員はうすら笑いを浮かべ、それがこの芦屋という最高級住宅地の、最高級菓子店にふさわしい格だと、教えさとすような語調でいった。

「じゃ、それでいいですわ、十個ほど下さい」

私は、見本に、たった一個、ショーウインドーの中にある、拇指（おやゆび）と人さし指でつくった輪ぐらいの大きさの菓子を指した。

「はい、一個千円でございますが、よろしゅうございます？」

私はまた耳を疑った。猛然と腹が立って、ではいりません、といいたいところであるが、千円もする菓子はどんな味であろうと好奇心と食欲をそそられた。

「では、二つ下さい」

「はい、では二つ、明後日の――」

と言葉遣いのていねいな店員は伝票をくってしばらく考え、

「三時においで下さいませ」

私は半ば腹を立てながら、半ば期待になまつばを飲みこんで帰ってきた。すると、向いの家の女中さんに出あったので、ちょっと立話をして、あの菓子屋の勿体（もったい）ぶったこと、高いことをしゃべりあった。女中さんもいった。

「何でも東京の、上流の方の菓子屋もそうらしいですよ。皇室へ納めるときに、ついでに作っていただく菓子があるそうで、順番がこないと手に入らないんですって」

「いやだ」

「どんなにおいしんでしょうね、いっぺん食べたいけど、勿体なくって」

と女中さんは無邪気にいった。それで私も危うく、一個あげるわ、といいたかったけど、ひょっとして二個、自分でたべたくなったらいけないと思い、黙っていた。

そんなこんなで時間をとり、家へ帰ってみると電話がけたたましく鳴りひびいていた。私が取り上げる前に切れ、もうあと、かからなかった。夫が帰って来て、夫の電話と知れた。彼はすっかり疳癪をおこしていた。

「いったい、どこへ長いこといっとんねん」

「それは……」

「何べん電話してても出てけえへん、腹立って腹立って。どんな大事な用があるかもしれんのに、長いこと、ほっつき歩いている奴があるか」

「すみません、何か用やったの？」

「せっかく、今晩、どこかで食べようと思うて……大阪へ呼んでやろう、と思うたのに！」

「あら、そんならもう一度、電話してくださればよかったのに」

「いっぺん気がぬけると腹立つ」

「じゃ、明日の晩は？」

「明日は接待であかん」

ずうっと機嫌がわるく、風呂へ入ると、

「カミソリの刃！　気を利かして持ってこんか。石鹸がないぞ」

とどなった。食事になると、また、

「今日は〝丸治〟か〝正弁丹吾〟へつれていこうと思ったのに！」

と食卓の上をにらみすえつついう。

「残念！　でも今日も、いつもよりはごちそうしたわ、〝丸治〟のつもりでめし上ってよ」

「どうしていつも、要るときに電話口に居らんのや」

と夫はいつまでもいう。しつこい男であるのだ。しかし、それは考えてみると、夫が私と二人で食事に出る、その楽しい期待をはずされての怒りであろうから、私としては、夫に腹立てる気になれなかった。夫は尚も、

「今日は仕事もなかったのに！」

と怒りつつ、御飯のおかわりをする。夫は晩酌しない。怒ったり腹立てたりしたときに酒を飲めば恰好もつくであろうが、腹を立てて飯をかきこめるものであろうか？

あんなに怒ってるんだから、今日はもう、こちらで寝ないだろうと、書斎に床をとったら、これがまた反対で、

「あっちへ敷け！　あっちでねます」

とまた怒った。

「ナニ？　まだ風呂へ入ってないのか、何をしてるか、早よ入ってこい！」

私はあわてて入浴した。そうして、つくづく、男にもいろんなタイプがあるものだと考えた。私の父は、この家の人々が軽蔑する大阪下町の生まれで、もと雑貨屋の主人であった。幸い事業が成功して本町のビルに会社をもつようになった。大阪が好きで、い

まも大阪の南はずれに家を建てている。父は晩酌をすると陽気でたのしくてやさしくて、母や私たちとふざけるのが趣味だった。気をつけ！　前へ進め！　などと号令をかけ、弟たちを並ばせ、一しょに風呂に入る。すると浴室でキャァキャァという喚声と、ドボンドボンという音がひびいて、うちの家はいつも大にぎわいだった。私は父のこわい顔やむずかしい顔を一度も見たことがなかった。父が母に声を荒げているのも、母が父にヒステリックな声をあげているのも聞いたことがない。あれでも夫婦ふたりきりの場では、けっこう、ケンカしていたのかしら？　私の目から見れば、父は面白くってあかるくていつもお祭り気分でいる男で、夫とは正反対だった。縁談がきまってからも、父は、（すこしあれはキマジメすぎるんじゃないか？）と心配したが、（しかしお前はノンキすぎるから釣合がとれてええかもしれん）

などといったっけ……。

私がぼんやりしていると、夫がやって来て、

「おい、生きとんのか、のぼせて倒れとんのちゃうか」

と外から叩く。夫は疳癪もちの上にセッカチなのだ。これはつまり、わがままということだ。

私は、上等のうすい寝巻を着た。着物とネグリジェのあいだのような、柔いレースのついた薄紫のものだ。

「おい、何しとんねん。どうせぬぐのに。グズやな。さっさとこんかい」

夫はまだ怒り声でいっていた。

「おまち遠さま。……」

「うむ」

夫は腹立ち声のままいい、私がゆっくり、きれいな寝巻のリボンをほどいていると、

「手間のかかることとする奴ちゃ、むすんだりほどいたり……」

と舌打ちした。

そのぐらいいらいらしているのだから、さぞ堰が切れたように烈しく満たしてくれるかと思いのほか、これから始まるかどうかというようなときに、早くも夫の方はすんでしまった。

こんどは、サッパリした顔になって、

「さいなら、さいなら」

と自分で蒲団をひっぱって次の間へいく。

「おやすみ。まいど大きに」

なんていって、フスマをしめようとする。

「あら、暑いわ。あけといたら？……」

「とんでもない。夜中に貞操が危ない」

「どっちが」

きちんと閉めないと、旅館で戸をあけて眠ってるようでおちつかないと夫はいう。

すると私は隣の客か。夫も隣の客だと思うと、おかしかった。

あくる日は一日、テレビを見てぼうっと贅沢にすごす。

そのあくる日は、私たち夫婦が、夫婦だけでいられる最後の日である。夜は姑が帰ってき、翌日の午後は義姉が帰ってくる予定だ。

私は日の高いあかるい内に入浴してやろうと思いガス風呂をつけて買物に出た。マーケットを出たところで、西洋菓子屋を思い出した。

いそいでとりにいく。

店員はなお私を数分待たせ、かなり大きな菓子函を持って出て来た。

私は二個ですねと念を押し、金を払って出た。ついでに、紅茶のいいのを買った。もし夫の帰宅が姑より早かったら、夫と二人でこの菓子を食べてもよい。電話で時間を聞いてみようと思ったのだ。

ついでにイチゴを買う。買い忘れていたバターも買う。

両手に荷物を提げて私はぶらりぶらりと鼻唄で帰ってきた。

わが家の屋根が松林の向うに少し見えたとき、私ははっと思い出した。

家を出てから、もう二時間ぐらいになるんじゃないかしら。ガス風呂をつけっ放しにしてしまったのだ。

そのとき私は考えたのだ、夫がどんなに癇癪を起して、ブツブツいい、あるいは怒り声でゴツゴツと叱るかと。

火事でも出したら……。

私は走った。両手に買物籠を提げて走った。ながい坂道を山手へかけ上った。更にそこから横へ折れ、するともっと急勾配の坂になる。ここはいつか雪の降った日、子供がスキーをしていた位の坂なのだ、その胸つき八丁を、目のくらむような思いで、荒い息を吐いてあがった。坂道の家はこんなときに、全く処置なしである。呪いたくなる。

無人の家でにえくりかえっている、あるいは、からだきになって煙の出はじめている風呂を想像し、私は絶望に打ちひしがれて走った。

私はこの坂道に馴れているので、わりに健脚なのであるが、それでももう息が切れ、心臓はふくれ上り、血がのぼって目がくらんだ。脚はもつけれど、心臓がもたない。

ふとみると、私の前を、青年が一人、ぶらぶらとゆく。

人影のない坂道の、両脇にはしんかんとした門があるだけ、というような邸町。木々に掩われた家の間を、青年はゆっくりゆっくりたのしむように歩いていた。私は荒い息で追いすがり溺れる人が何かをつかむように青年にとりついた。

青年はビックリしてふりむいた。ゼイゼイと息を切らして目を吊りあげ、髪を振り乱している私は、急病人のように見えただろう。

「あの、あなた、すみませんけど、ねえ……」

私は息を切らせつつ、財布からキイをとり出し、青年の手に押しつけた。

「あの家、あの、茶色い屋根の家ね」

青年は私の指すまま、坂を仰いだ。

「あそこへ、これ、この鍵で入って下さいな、ガス風呂つけっ放しにしてきたの、廊下をまっすぐいった端っこ……」

青年が呆然としているので、

「何してんの、早く！　早く！」

「ハイ」

彼は私の語調と気魄に押されて、我に返ったようにすっとんで上った。さすがに小気味のいい、ものすごい早さ。生け垣にかこまれてすぐ姿はみえなくなった。

私はへたへたとその場に崩折れそうな感じだった。それでも気をとり直し、夢中であがっていった。

門はあけっ放しになっていた。家の玄関も、あけたまま、靴の片方は外へ飛んで出ていた。廊下の奥から凄い水音と、濛々たる湯気が流れてきた。

青年は風呂場の窓をあけ、水を出しているのだった、彼は緊張した表情でいた。

「どうもありがとう、助かったわ……どうなってた？」

「もうちょっとでカマが現われるところでした」

青年は湯気の中からいった。熱気と湯気で、浴室にはいられないくらいだった。浴槽は古びた檜であるが、蓋は熱気で乾き、白っぽくなっていた。

もう三十分おそかったら、大ごとだったろう。

「まあ、よかった、ほんとに」

「ほんなら僕、失礼します」

青年はそういって玄関へいった。

「あ、お茶でも飲んでいって下さいな、それとも冷たいものがいいかしら。たいへんな目に会わせてしまって……」

「いえ、もういいです」

青年は、そんなに背も高くなく、やさしげな顔立ちの、平凡な子である。

私は応接間でなく、台所へつれていった。その方が気楽だろうと思われたからだ。

「コーラ飲む？」

と私は聞いていそいで、

「ビールがいい？」

青年は物珍しそうにあたりを見廻(まわ)していたが、おずおずと腰をおろして、

「いや、コーラでよろしいです」

といった。それから、ブックバンドで縛った四、五冊の本やノートをテーブルの端にのせたので、学生だと分った。

「この近くの家？」

「いいえ。学校の帰り道です」

「このへんに学校があったかなあ。何てとこ？」

「芦屋山手予備校」

青年はコーラをひとくち飲んで、あ、と立ってゆき、廊下の端っこからの水音は止んだ。

「もうはいれるかしら？　お風呂（ふろ）」

「とても。手もさわられへん。もっと水を埋めないと。でも、もう一杯やったから」

と素直にいった。

「主人にナイショにしとくわ、叱られるから」

というと、かすかに笑って、すぐ目を伏せた。私は思いついて、西洋菓子を、この青年と食べることにした。

私は包み紙をとり、箱をあけた。

すると、更に小さな箱があり、また更に、それをあけると、こんどは白いうすい紙の箱が出て来た。

青年は何が出てくるのかというように、目を丸くして眺めていた。小さな菓子が、台にのせられて動かぬように固定され、二つおさまっていた。いかにも威厳ある風情だった。

「おお」

青年は感嘆した。

「ビックリ箱みたいですね」

　ほんとにその通り。こんな小さな菓子二つを包装するのに、三つもの箱とは大げさすぎた。私たちは駆けたせいで、いくらでもコーラを飲みたくなった。飲んでは話し、話しては飲んだ。この菓子が一個千円であること、それから、それと関係ないけど、夫はとても癇癪もちで怒りんぼであること。風呂のカラだきなどということを話したら、怒りで悶絶するだろうこと。青年は考え深く、

「でもいつも坂道を歩いていると大変ですね。心臓やぶりの丘ですね」

「そうよ。お米やお酒、いつもは持ってくるけど、雪のときは困っちゃうの、車が坂を上れないんですもの、配達を断られます」

「でも眺めはええなあ」

　二人でケーキをたべた。ふわっとしてバターと砂糖とシナモンとクリームの香りが口中にのこり、雪のように軽くて泡のように消えた。そんな感じ。

「うーむ、これで千円泣き別れかァ」

　と青年は感慨深げにいい、私も、この菓子が高いか安いか分らぬながら、青年の言葉に共感した。

　青年は、古ぼけた日本建築の、うすぐらいこの家が気に入ったようだった。トイレへいって、

「畳が敷いてある！」

とびっくりして帰ってきた。

青年は壁の絵をじっと見、それから私と視線が合うと、にっこりした。窓の景色を見、部屋部屋をのぞき、讃嘆の色を浮べて、

「ええうちやね」

と私にいった。なぜか、そのとき私は、この青年が、とても好きになった。気が合う、というようなもの。

あんまりこの家の人たちが、気むずかしい顔ばかりしているからだろう。それから、およそ夫といい、姑といい、義姉といい、お世辞、ほめる、やさしい言葉をかける、そんなことに縁遠いからであろう。

「あの絵に似てますね」

と青年は、チチアンの絵をさしていった。

「私が、ですか?」

「そうです」

「あんなデブにみえるの?」

「デブではない」

「私、コテンというあだなよ。転がしたらコテンところがるから」

青年は笑った。私は、おそばを食べてゆくようにすすめた。私はめん類が好きなので、そばつゆは、いつも作っているのだった。

台所で食べ、それから二人で、また、散歩に出ようとした。

電話があって、姑だった。今夜もう一晩、義弟のところに泊るというのだった。

姑が帰宅しなければ、夫の帰る八時半までは、自由時間だった。

裏山を案内してあげた。もう二浪で、来年はどこへでも入りたい、というようなことを彼はいった。

裏山にはおそいツツジが咲いていた。ここはワラビもゼンマイも採れるし、山ウドも一度見つけたことがある。木の根っこを伝いながら、ひとまわりして、もとの私の家の裏手へ出るつもりだった。そしたら思いがけなく、ツツジの繁みの向うで人かげを見てしまった。若い女の子と男の子で、しっかり抱き合って、長い接吻をしていた。

男の子は、青年より長髪で、黄土色のワイシャツ、青いジーパンだった。女も髪の長い子で、土にはんけちを敷いて坐り、片手は土に突き、片手は男の体に手をまわしていた。

私たちはまた、そうっと、家の裏手へもどった。私は青年に、ちょっとビールをつき合わせた。

青年は再び、靴をぬいで上ってきた。その、世なれない厚かましさ（それは私が誘ったものであるにかかわらず）を、私はじっとみつめた。かわいそうな、若さ、というもの。

といって、私は、私や夫のような中年がいい、というのでは決してなかった。ただ、私がさそうとノコノコとまた上ってくる、その人のよい厚かましさ、無防禦なすきだらけの世間しらずに、あわれを感じるのだった。

私はビールを抜いた。今度は青年も遠慮しなかった。おなかに食べものが入ってもいるし、涼しい風も通るので、ビールの酔いは快よかった。

「あなた、何ていう名前？」

「森脇新太郎です」

「維新の志士みたいな名前ね。恋人は？」

「恋人ていうのかどうか、好きな子がいましたけど現役で、医学部へぽんとはいってしもて、それきりです。医者の娘で、親爺さんで九代目やそうです」

「よかったわよ、そんな子と別れて。――さっきのアベックみたいなこと、したことある？」

青年はビールをひとくち飲んでから、

「あります」

と私の悪意に負けないぞ、というように強い眼で、私を見た。

私のこの青年に対する嘲弄みたいなものを感じとったらしかった。しかしそれは本当は、私にいわせれば、可愛さあまって憎さが百倍、というような感じなのだ。青年は、だんだん酔いがまわるのか、紅色に染まってきた。

そのくせ帰ることもしなかった。殉難をまちうけているキリスト教徒のように、私をにらんでいた。

「さっきの男の子、手をどこへやってたと思う？　見てた？」

「見てました」

青年の眼は今や泣き出しそうにふくらんでいた。

「あんなこと、した？　あなたも」

青年は今や、怒り狂った豹のような眼で鼻孔をふくらませ、勝手にビールをついで飲んだ。

そのくせ、なおまだ、席を立たないのだった。席を蹴立てて帰らないのだった。

私はそういう若者の意地汚なさに、中年女のいじわるい喜びを感じていた。ほんとに怒るなり、不快だったりするなら帰ればいいのだ――でも帰らない。そういうところが、若さの卑しさで、でも、それは私には好もしい、可愛いものだった。

「てんとう虫がついてる」

と青年の衿に触れると彼は思いがけぬはげしい力で振りはらった。自分の方がびっくりして、

「すみません」

と呟いた。

「いいえ、いいわよ、お風呂へ入ってきなさい――酔いがさっぱりするわ。まだ熱いようなら水でうめて、行水するといいわ」

「いや帰りますから、いいです」

しかし私が浴室にタオルや石鹸を置いて帰ってくると、青年は思いのほか、酔っていた。むりに自分を、酔わせたのかもしれない。

素直に浴室へいった。

烈しい水音がする。あたまから、湯をかぶっているのかもしれない。それとも水垢離でもやってるのかしら。旧式な私の家の風呂にはシャワーなんてものはなく、簀の子の床に手桶も木のものが置いてある。腰掛けも、むろん木である。

青年がはいっているあいだ、私はあちこちに錠をさし、寝室に床をとった。

青年はバスタオルであたまをふいていた。うしろ姿の、きりっと緊まった、とてもきれいな裸体がみえた。私は、男のはだかといえばカマキリしか知らないので、感動した。なめらかでツルツルして、たるみもシワもなく、かっちりした肌にみえた。去年の海水浴の日焼けがまだ消えていないせいか、腰のところだけ、仄白く、残っていて可愛らしい。

私は入れかわりに風呂へ入った。

青年は海水浴のあとのように、あたまを振って耳の穴を拭いていた。

「かえってもいいわよ」

と私はいって風呂へ入った。

日のあかるいうちのお風呂は、何だか淫蕩な感じがする。私は、こんなことをすべて見通して、風呂の火をつけたのではなかろうかと思えた。

出てみると、青年は、もうちゃんと服を着て、台所に坐り、拗ねたように煙草をふかしていた。

台所は、いま見るとたいへんな散らかしよう、ビールの瓶が床に林立していて、青年は残ったビールをコップにみなあけて飲んでいた。

服を着て、それでいて、帰りもしないところが、若者のいやらしさであり、可愛らしさ、よさ、であった。私は青年のボタンを、すこし身をこごめてはずしはじめた。私は、薄紫の、きれいな寝巻を着て、あたまは、湯気に濡れるのを防ぐために、ナイロンキャップをかぶっていた。

青年はたいそう物めずらしそうに、私の姿を見た。まともな中流家庭に育った子供らしかった。

寝室へはいったら、また青年は、部屋のありさまを物怯じしつつも、じっと見た。八畳の純日本間、床があって、書院風の、欄間のついた……。（きっとこの子は、アパートか下宿住まいか、団地にいるのだ）と思った。

青年はいやいやみたいに脱ぎ、まるで流木のようにごろんと打ち上げられた感じで横たわった。

それでも私が、ちょっと部屋を出ようと起き上ると、びっくりして自分も置いとかれるのを恐れるように私を見た。

た。

「ちょっと待ってね、新ちゃん」

でも彼は待ってくれないで、まるでレスリングのように、私の腕をとってひっとらえ
三時間ぐらい、そこにいた。

「ええ子やったけどね。医学部へはいってしまうと、僕なんか、ハナもひっかけよらへん感じやった」

青年はくりかえしくりかえし、わかれたガールフレンドのことをいっていた。

それでも私は、青年をわるく思うことはできなかった。

「チチアンの絵の女をさわってる……」

彼は私の二の腕をつまんで少し笑い、

「きれいな太腿(ふともも)……まっ白やね」

などといううちに、また、一からやりはじめてしまう。何べんでもくり返すことになってしまう。

別れるとき、玄関の内で、キスした。

九時ごろ夫は帰ってきた。

「おばあちゃんはまだか」

姑(しゅうとめ)のことを彼はそういう。

「今夜、もう一晩泊るんですって」

「書斎や」

といった。

「フーン」

食事はすませたというので、私は床をとった。書斎に眠るだろうと思ったらやっぱり、

「酒屋に電話して」

「何か、取るんですか？」

「ビール瓶がたまってるやないか、引きとらせなさい、だらしない。——いや、今晩ではない、あしたでよろしい」

そのビールを誰が飲んだかは、せんさくする気はないらしかった。

「毎日、何をしてる」

というのでびっくりしてふり返ると、彼はテレビの上の埃（ほこり）を吹いていた。

「この四、五日、掃除もせなんだやろ」

「そうでもないんですけど」

「田舎の結婚式にお祝送ったのか」

「あ、忘れてた」

「それ、そういうことをする。——明日（あした）出しておけ、お婆ちゃんが帰るとうるさいぞ」

夫は自身、冷蔵庫の氷をとりにゆき、

「おい、氷ができてないやないか」

「そうですか?」

「ボタンを押してない。このボタンを押さんと氷はとけてしまうぞ」

「ハイ」

「どうしてこう、ええかげんなことをする。一事が万事、ウカウカしてるなあ。これが男の仕事やったらつとまりません。会社やったら一銭の給料もよう払わん」

「ハイ」

「主婦というもんは気楽なもんや、それでつとまるのやから」

しかし、姑はその夜おそく、義弟の車におくられて帰ってきた。

ちょっと風邪ぎみになったので、義弟の妻は、ここで寝こまれてはと、あわてたらしかった。

私はいそいで姑の床を取り、風邪薬を服ませ、荷を解き、姑のいうままに、洗濯ものは洗濯もの、着物や服はたんすへとしまった。

「向うでは洗濯もしてくれへんのですよ、あの嫁はきついオナゴや」

姑はそういい、

「やっぱり、ここがよろし」

と目をつむっていった。

翌日は義姉が日やけして帰ってきた。私が台所にいるあいだ、姑と義姉と夫は、旅のみやげ話をして、あはあはとうれしそうに笑っていた。

私が茶を持ってゆくと、義姉はみやげものをひろげていた。

「これは安ちゃん、これはもとちゃん」

と義弟と義妹の名をいい、

「みんな、食べるものばっかりやから、あんた、明日、会社へもっていって、会社の若い人にでもとどけさせてよ」

夫はにがい顔をしていたが、ふと私に向いて、

「おい、雨、降っとんのん、ちゃうか」

といった。

「洗濯もんないのか」

「あります」

「夜は出さん方がええ、夜露にあてたらいかんがな」

夫のコゴトはもと通りにまめに出てきた。

まぶたの姑

夫がけたたましく私を呼ぶので、私は何事かと動転して縁先へ走っていった。わが家には七十五歳の姑（しゅうとめ）がいるので、何かにつけて、どきッとさせられる。いつ、どんなことがあるか、老人のことだから、コワレモノを捧（ささ）げもっているようにたえず気を遣う。尤（もっと）も、ここだけの話、ウチの姑は七十五といい条、達者なこと無類で、気性もしっかり者なら、肉体も頑健、あと二十年はタシカ、というような御仁であるが。

夫は縁側で、呆然（ぼうぜん）としていた。

呆然とするとこの男は、何とかいう漫才師が、CMに出て見得を切っている顔にソックリになる——団栗眼（どんぐりまなこ）をみはり、口を開け、鼻の穴まで間のびしてみえる。

夫の手には、鳥籠（とりかご）があった。そしてその戸は開いたなりになっていた。中にいる文鳥はみえない。

一眼みて事態がわかった。

「あら、逃げたんですか！」

「何が勝手に逃げるもんか、鳥が自分で籠の戸をあけて逃げる思うてんのか！」

と夫は怒号した。

夫は四十八歳である。

しかし怒号しているときは一心ふらんにどなるから、顔は張りきって髪の毛の色艶(いろつや)は増し、すこしは若々しく見える。夫は重ねて、

「鳥がクチバシで戸を開けるか！　前肢(あし)で戸を上へ押しあけて出た、いうのんか！」

と叫んだ。

「あら、前肢ったって、鳥は二本しか、あしはありませんよ。何か、まちごうてるのんちゃう？　それとも、二本のうち、片方が前肢で片方があと肢かな？」

「オマエは、ワシをおちょくってるな！」

と夫はかんかんになって鳥籠を叩(たた)きつけた。籠の中の陶器の水入れが、沓脱石(くつぬぎいし)に当って割れた。そうして、鳥籠から、羽根がフワフワと散った。

夫は、直接的な犯人に怒れないものだから、私に怒っているのである。私が相手だと、心安くどなれるらしい。

「そりゃァ、わかりませんよ。チー子（いなくなった文鳥の名である）は器用ですからね、チョッチョッとクチバシであけて出たんかもわからへんわ……」

と私はおちついていった。

「そう思ってれば、いいでしょ」

姑の部屋からは、ヒソとも音がしない。縁側から鉤(かぎ)の手にまがった端っこが姑の部屋で、夫の声も私の言葉も、つつぬけに聞こえているはずであるが、姑は沈黙している。

私はもう察している。犯人は姑なのである。

姑はイキモノが大きらいである。イキモノで好きなのは孫の誠だけなのだが、目下、誠は東京の大学へいって手もとにいない。子供は誠一人なので、姑のかわいがるイキモノは何にもないのである。

一方、夫はイキモノなら、犬、小鳥、魚、なんでも好きである。

姑は、草花を丹精するのが趣味だが、夫の飼うイキモノが、根を掘ったりつついたりして荒らすというので、憎んでいる。

実の母子なのに、夫と姑は仲がわるいのである。

世間には、姑と夫が仲よくて、嫁を疎外する悲劇が多いのだが、ウチは、姑と夫が犬猿の仲なので困るのだ。

しかし、いちめん、嫁にとっては、気楽でもある。私の責任はないので、双方、目を三角にしていがみ合ってるのを見つつ、

(赤勝て白勝て。オーエス、オーエス)

と綱引きの声援をしている心地、でも、眉間にしわをつくって憂い顔をし、

「そんなこと、おかあさんに対していうたらいけませんよ、あなた」

とたしなめたり、姑には、

「おばあちゃん、この人にはあとでよう、いうときますから、ここのところは、まあまあ、堪忍してちょうだい」

などとなだめるのだ。

そして内心、

（やれやれッ！　もっとやれッ！）

などと思ったりする。

私も、じつのところ、こういがみあう母子なんてもの、はじめての経験であるから、おもしろくなくもない。ただ、家の中はすこしガタガタするが……。

さて、夫は、怒り心頭に発して、

「何のために、こんなことするねん！　え！」

と私に向いてどなった。

私に向いていても、しょせんは姑にきかせるためである。

「犬か猫でもきて、いたずらしたんやないの？」

と私はまだ言っていた。

「犬や猫がウチの庭に入ってくるか！　入ってきたら水かけたり、足で蹴ったりして虐待しとるやないか、鬼婆が！」

夫がいうと、間髪を入れず、姑の部屋の障子があいた。姑はセカセカと出てきた。

「鬼婆とは何です、誰のこっちゃ！」

姑は老いても背すじのしゃんとした、そして身ぎれいにしている美女である。権高なようすだが、顔つきは夫によく似ている。

「そやないか、犬飼うたら抛ってくるし、猫飼うたら人にやってしまうし、鳥飼うたら逃がしてしまうし、何でそんないやがらせするねん」

　夫は顔を赤くして力んでいた。

　これは必死に怒りを押えつけているのである。姑は冷静にいった。

「犬はな、花の根をほじくり返してワヤにしてしまうねん。猫は家の中がけもの臭うなって汚ない。畳も座蒲団も猫の毛だらけになってなあ。おおきたない！」

　姑は大げさに身ぶるいしてみせた。

「今まで何べんいうたか、わからへん。イキモノはバイキンもってたりして汚ないがな。オマエは犬弄うた手でそのまま御飯たべたり、もっとひどいときは、口うつしにものやったりする。おお、いやらしやの！」

　姑は眉を大げさにしかめた。

「しかしべつに、誰も、病気になっとらへんやないか」

　夫は言い返した。

「好きなもんは好きやから、しようがない。世話かて、こっちがちゃんとしてるねんから、抛っといてほし」

「猫は、床下で子供生むし、猿はノミを湧かすし、こんな不衛生なこと抛っとけますか、イキモノ飼うて何ぞ役に立ったか」

「家鴨の時は卵、自分も食うたやないか」

「へん、あんな小さな卵！」

「しかし、自然食の卵やぞ。色かて、真ッ黄色やねんから！」

夫は息をはずませていう。

「一年に三つぐらい生んで卵、卵と手柄顔にいいなはんな。あの家鴨はどやねん。ヒナの内から飼うもんやから、水にもよう入れへん、けったいな家鴨やったやないか」

姑も負けじという。私が、

（赤勝て、白勝て）

と思うのはこんなときである。

「ともかく文鳥にがしたん、お婆ちゃんやな」

夫は姑をお婆ちゃんとよぶ。これは私も、息子の誠もそう呼ぶ。

「あれは手のり文鳥で、あそこまで馴らすのん、ひまかかったんや。ひまも愛情もかかっとんねん。それも考えんと、なんで勝手なことすんねん」

「手のりか何か知らんけど、部屋の中とび廻って糞おとしてあるくのや。気持悪い、いうたらないわ」

「そやからいうて、勝手に逃がす権利ない」

「ある！」

「ない！」

「権利あります！」

「なんでや」

「この家は、私の家や。家汚されるのんごめんや」

姑は、家が自分名義になっているのが、うれしくてたまらないのだ。しかし、それはまだよい、姑が、

「第一、私は、オマエの母親やで。血を分けたお袋のいうこときくのん、当り前やろ」

というから、夫が腹を立てるのだ。

姑は強引で鼻っぱしら強く、昔から自分の思う通りにならぬと承知しない人なのである。

「老いては子に従え、いうのん知らんか」

と夫は言い返した。

「年寄りはもっと可愛げ出せ、この鬼婆」

「それが親に向っていうことかいな」

姑はくやしそうに声を震わせた。私も、いつまでも（オーエス、オーエス）といっていられない。いそいで、

「まあまあ、おかあさん、堪忍してちょうだいね」

と割ってはいるのだ。

今までにも、夫が犬を拾ってくる、姑が捨てにいく、またどこからか貰ってくる、またどこかへ捨てにいく、の連続であった、毛がおちるの羽がおちるの、臭いの、かゆいの、とことごとく姑はいやがり、それからして、夫の何もかもが気に入らなくて、片端

から文句つける。

夫は、舅からうけついで、鉄工所を経営している。中小企業の、名だけは社長だが、ボーナスどきになると四苦八苦で、年によっては、社長だけボーナスがない、というような、やりくりの苦しい会社である。(その一事だけで規模のほどは分るであろう)

夫にいわせると、これ以上大きくするとよけい経営難が増大するという。また、いまどきの経済界の実情では、縮小した方が不況のとき乗りきりやすい、ともいう。私は夫の説明で納得して、それもそうかと思うが、姑は決して、それもそうかといわない人である。

「おとうさんの会社を小そうしてしもうた。今に潰してしまうのんちゃうか」

とやかましくいう。

「おとうさんはよう仕事する人やった。オマエみたいに、ゴルフやの麻雀やの、と遊びはれへんかった」

と、二年前に歿くなった舅をほめる。

しかし私の見るところ、姑がいまほめるほどには、舅の生前、大事にしていなかったような気がする。

舅はおとなしく、無趣味な人であった。そうして、姑がいま夫に向っていう悪態や叱責や罵詈雑言を、舅は一身に引きうけていたのである。

舅は夫とちがって、一々、反駁したり、負けじとする人ではないから、だまって、口

うるさい姑のいうことに一々、うなずき、

「そうか、そうか」

といっていた。

いいながら、そばにいる嫁の私をみて、気弱そうにチラと笑った。

それは、今、舅が死んでから思うに、姑のやかましさを私に対して恥じるようでもあるし、（この調子で五十年やってきてんで。苦労わかるやろ？　紀子さん）と、同情をそそるようでもあった。

夫はかねて私に、「親爺はかわいそうやねん。お袋なんかと結婚したばっかりに、五十年、尻に敷かれっ放しや」

といっていたのだ。

両親のありかたを見て育った夫は幼時から、

「ボクはあんな亭主には絶対、ならんぞ！」

と、かたく心に誓ったそうである。

そして、私と結婚した当初から、むやみやたらと威張って、亭主風を吹かしていた。ところが私にしてみると、目の前で、あんまり姑が舅にズケズケいい、舅を手荒に扱い、家中をひっかきまわし、采配ふっているのを見ると、反動的に、夫を大事にしたくなってくるのだ。

私の実家は、わりにのびのびした家風で、母も、いいたい放題いう性格であったが、それでも、「お父さん」「お父さん」と父を立てることは忘れていなかった。それを見て育ったものだから、べつに私は「おんな大学」式な教育をうけたわけではないけれど、戦中派の女のことゆえ、やっぱり、夫の顔色をよんだり、夫の言葉にうなずいてみせたり、しないではいられない。

内心では、漫才屋のCM向きの顔みたいだと思っていても、「ハイ、わかりました」と、夫の命令をつつしんで、うけたまわったり、する。

姑には、そういう気は全然ないようで、舅を送ると、こんどは、息子を、意のままに引き廻そうとする。

夫は、かねてお袋に反感があるので、ことごとに逆らう。母子反目の根は深いらしい。

その夜、夫は、私と二人きりで食事しながら、しみじみ、いった。

「ワシなあ……ほんまいうたら、あのお袋、ワシのほんまのお袋ちゃうのんとちゃうか、いう気ィして、しようないねん」

「何をいうんです。よく似てはるくせに」

私から見ると、姑と夫は、舅と夫よりも、よく似ている。姑は昔は美しかったろう、というような顔立の女で、夫も、若い頃は、ちょいとした男ぶりであったのだ。鼻すじや目元など、そっくりである。

「いや、なんぼ似てても、他人の空似かもしれん。こない、仲悪い、ということは、ふつうやない」

それも私にいわせると、仲が良すぎてケンカになるのだ。遠慮なく悪口がいいあえるという気が、双方にあるからだ。――もし、夫が他人なら、姑もこうまでズケズケいえないだろう――私はふと、ひとりで食事している姑があわれになった。姑は離れの居間で、テレビを友に、食事をする。たまに夫が出張や残業や接待でおそいとき、私は姑と二人で食事をするのである。しかし夫がいると、姑は、がんとして離れから出てこない。それも、私からみると、どこか、コドモのケンカじみている。二人でかくれんぼしているような気がする。

そうして夫と姑のいがみ合いに、

（オーエス、オーエス）

と心中、のんきにつぶやいているのは、そういう気が底にあるからなのだ。

「何か、おかあさんの子じゃない、と思い当ることでもあるの？」

私の口調はひやかすように聞こえたかもしれない。夫は真剣な顔になって、

「うん、そういうたら、昔、いくつ位のときやったか、おぼえてないけど……」

と、しばし、思い出を追うように目をつむった。

「昔のことで幼稚園なんか、まだない。ワシが三つ四つのころかいなあ。外で遊んでると、電柱のかげから、知らん女が手招きしよるねん」

「ヘエ……」

「何や若い女の感じやったなあ。キラキラ光るかんざしみたいなもん髪に挿して、今思

うと、耳かくしみたいな髪に結うてたなあ。大きなシマの着物、着てたん、ようおぼえてるねん」

「そういえば、昔は、お召しに、大きな縞の柄があったわ。ウチのお母さんも着てたんおぼえてるわ」

私もつい、話に引きこまれた。

「その女が、ワシのあたま撫でて、ギュウと抱きよんねん」

「ヘエ」

「何や、やさしい匂いがしてたな。化粧品の匂いかもしれへん。ワシはその女に手ェ引かれてどこかへいった。そこがどこか思い出せん。ふつうの家みたいなとこや。『ウテナクリーム』の看板が上ってる町角やった」

「人さらいやありませんか」

「ちゃうねん、そこで、ごちそう食べて、オモチャ貰て、お菓子もろて、家まで送ってもろた。女は家へは入らなんだようや。お袋に帰ってから、執拗う、きかれたけど、子供やから、相手が誰やら、どこへつれていかれたのやら、わからへん」

「ふーん」

「そんなことが二、三べんあった。するとお袋は、それから、ワシをずーっと、張ってたんやな。その女がまた来てワシを手招きしたとき、お袋が家から飛んできて、『行ったらあかん、あれは鬼や！』いいよった」

「鬼とは、ひどいわねえ」

「お袋のいいそうなこっちゃ。それから、女とは、会えずじまいや」

「そのとき、その女の人と、おかあさんはやり合ったのかしら？」

「さあ。一戦まじえとるかもしれんが、子供のことやさかい、おぼえとらへんねん。その女が、何者か、大きィなって、チョクチョク考えるんやけど、どうも、わからん」

「ふーん」

「しかし、誘拐魔とも思えん」

「子供って、意外に直観力鋭いから、もしそうならわかると思うわ」

「女のようすは、ほんまに可愛がってくれてる感じやった。何や、堰(せ)かれて会われへんじつの我が子を、こっそり連れ出して、会(お)うたという感じやった」

夫の声は、われとわが言葉に釣られて、感傷的に湿ってきた。

「ふだんは忘れてるけど、小学生のときも中学生のときも、いつも、ひょッひょッと思い出してた。もしかして、あれ、ワシの生みの母とちゃうかしらん？　思うて」

「ふーん」

私もマサカと思いつつ、話に引き入られて、

「でも、ウテナクリームと、お召しの縞の着物と、かんざしだけでは、手がかりないわねえ。名前は分らへんの？」

「名前は分らんけど、ひょっとしたら、あれが、お辰(たつ)つぁん、いう人ちゃうかなあ、思

うねん」

「お辰つぁん」

「親爺の方の親類に、辰子いう人いてな、この人が、よう、両親の話にのぼっとるねん。お辰つぁんは、一門中の鼻つまみになっとった。身をもちくずしてカフェーの女給になった、いうて、お袋なんか軽蔑しとったんや。何せ、水商売、いうだけで目下に見るような人間やから」

「そのお辰つぁんが、どうして、あなたを連れ出しにきたの？」

「そこが分らんのやがな。もしかして、ワシ、お辰つぁんの子ォかいな、思うたり」

「じゃ貰い子かしら。そしたら、戸籍に養子となってるはずでしょ」

「戸籍みたいなもん、どないでもいじれるがな。そら嫡出子になってますヮ。——も一つ、あの女が、お辰つぁんやないか、思うのは、その前かあとか、親爺につれられて、カフェーへいったこと、あるねん。そのとき会うた気ィする」

「三つ四つで、よくおぼえてられるわねえ」

「いや、それは、たぶん、小学校三、四年とちゃうかいなあ。大阪のミナミのカフェーで、『麗人』いうねん。これはお袋が、親爺が外へいく、いうたら、『フン、また麗人でっか』いうてあてこすっとったから、ようおぼえてるねん。そこに、お辰つぁんとおぼしき女がいた」

「まァ」

夫の話は、どこまでが真実で、どこからが幻であるかわからない。夫にすればウソをいうつもりは更にないだろうが、長い間にすこしばかりの記憶をつなぎ合せているうち、しらずしらず、自分なりの幻想を形づくることもあるであろう。

私がそう思ったのは、夫が微醺に頬を染め、うっとりと目をつむっていたからである。彼のあたまの中では、やさしくなつかしい、ナゾの女が永遠の聖母マリアの如く、ありありと思い描かれているにちがいなかった。

「お辰つぁんは、ワシが親爺に手をつながれていったとき、戸口に盛塩をしていた。何や蠟石のさいころみたいなもんに塩を堅うつめてな、ひっくり返して打ちつけると、円錐形に盛塩ができるねん。そんな型があるんやな。――ワシが面白がってみてると、お辰つぁんは手を払うて立ち上って、ワシのあたま撫でよるねん――白いエプロンしてな、きれいな、若い女の人やった」

「いつも、若い女、という印象があるのねえ」

「よっぽど、お袋は婆さんに思えとったんやろうなあ。子供心に」

「それでどうしたの？」

「大事にしてくれたでェ。親爺はよこでうれしそうに酒のんでワシは、サンドイッチなんか、つくってもろて食べてた」

「よくおぼえてるのねえ」

「よっぽど印象的やってんな。かわいがってもろた、いう記憶、強いなあ。――そのお辰つぁんの感じと、連れ出しにきた女の人の感じが似とる気ィするねん……あれが、生みの母やとしたら、今ごろ、どうしてるかしらん、とちょくちょく思うわ……」

夫は物思わしげな顔になった。

「まぶたの母、いうとこやなあ。——目をとじると、あのやさしい、若い女の人の姿が、ありあり浮ぶねん。目ェ開けたら消えるねん……」

私はとまどった。

「母をたずねて三千里」も、「まぶたの母」も少年や若者でこそ、哀れがあり、物がなしいのだが、あたまの薄くなった、おなかの出た中年男では、何か、場違いで、チグハグで、夫が真剣なだけに笑うわけにもいかず、バカにするわけにもいかない。さりとて、同じようにうっとりしようにも、夫の中年顔を見ていると、醒めてしまう。

「じゃお辰つぁんの子を、何で、引きとったんでしょうねえ」

「もらい子でもせんことには、自分らに子供なかったからやろ」

「もしかして、お舅さんの子、いうことないかしら？」

「ヒョッとして、それも考えるねん」

と夫はうなずいた。

私はしかし、すぐまた、いった。

「でもあのお舅さんが、おかあさんの目ェぬすんで、そんなことできると思う？」

「それは分らん。男やから、何ぼおとなしィても、どうかしたとき、やるかもしれん——

それに、そういうことがあったために、親爺はお袋に弱味を握られて一生、あたまが上らなんだ、ということも考えられる」

「それはそうね」

私たちは、そのあとも、ああでもない、こうでもない、と推理を逞しくして、お辰つぁんが、夫の父と仲よくなる、子供ができる、そのころは無論、中絶だの、ピルだのとんでもないことである。お辰つぁんは仕方なく生む。――舅と姑の間にやっさもっさの大騒動がもち上がる。(これは、目にみえるようである) 姑がもし、石女ならば、この騒動はよけい、深刻であろう。

トドのつまり、姑が生んだことにして、赤子をひきとる。

お辰つぁんは忘れられない。生まれたばかりで手放したわが子のおもかげを追い、いつかは会いたいものだと思っている。

そして、やっとの思いで、連れ出す。つかのまの、母子の再会。

電柱のかげにかくれて、オイデオイデをしていた、耳かくしの若い母の切ない気持。

だいぶん酔ってきた夫は、

「ああ、まぶたの母かァ……」

といいつつ、そこへごろんと横たわって座蒲団を二つ折りにしてあたまの下にあてがい、目を閉じた。

そのまま、うとうとと眠っている。お辰つぁんの夢でも見ているのだろうか。

お辰つぁんは、いま、どんな姿で、夫の夢に出て来ているのだろう。

しかし、眠っている夫の顔は、どうみても私には、姑に似ているように思われてならないのだが、長いこと二人と共に暮らしているので、目が慣れてしまって、そう見えるだけなのだろうか。

しかし、そのあと夫と私のあいだでは、「お辰つぁんごっこ」がしばらくはやった。

そうして必ず、一から順番に、推理してゆくのであった。

二、三日あとだった。夫が雨戸を繰ろうとしていると、庭に白いものが落ちていた。よく見ると、文鳥の死骸である。たぶん、籠から放たれたが、手飼いの悲しさ、翔ぶ力もなく、そのへんをうろうろしている処を、猫か犬にでもやられたにちがいない。

この文鳥は私たちに狎れ、手の甲からあたまへ飛んだり、てのひらの餌をつついたりして、とても可愛いらしかったのだ。

「ううむ……」

と夫は悲痛に唸り、私は、思わず、ぐしゃりと羽が濡れて小さくなった鳥を撫でて、

「チー子や……」

と涙ぐんでしまった。夫は歯をかみならし、

「こんなことやと思うたんや」

いううちに夫はいよいよ腹が立ってきたらしく、離れへツカツカとふみこんでいった。

「お婆ちゃん、これみい、鳥が死んどるがな。あんな鳥、野鳥とちゃうねんから、放し

たら死ぬのんきまってるやないか、そんなことわからんのかいな！」

とガミガミいった。

姑は息子のけんまくにおどろいていたが、見る見る、負けん気を眉宇にひらめかせて、

「放したら死ぬかどうかわからへんがな。それは運が悪かったんや」

と言い返した。

「何いうとんねん、考えたらわかるやないか、それ位のこと！」

「その言い方はなんや、親に向って」

「親かどうか、わかるもんかい」

「あなた……」

と私はさすがにビックリして止めた。私と二人で推理して「お辰つぁんごっこ」を楽しんでいる内はいいのだが、それと現実とを混同してはいけない。

しかし夫は、推理ごっこからそのまま、現実へ移行してしまったらしかった。

「親でないとは、どういうことや？」

さすがの姑も、キョトン、としていた。

「そらそうやろ、親は生んだ生んだ、いうけど、子は、生んでもらうとこ見とらへんのやから」

「当り前やないか」

「ほんまに、お婆ちゃんから生まれたかどうか、わからへん」

「何をいうてますねん、この子は」

姑は、老眼鏡をむしりとって、ムキになった。こういうとき、姑は笑いとばすような人ではないのである。息子にまけずキッとなりカッとなって、立ち向う人なのである。

「たしかに、私が生んだんや」

「証拠ありますか？　わからへんがな。証人でも出してみい、いうねん」

「証人いうたかて……」

「そのころの産婆はんでも呼んできたらええねん」

「四十八年前の産婆が生きとるもんかいな。あのころで四十くらいの人やったわ」

「ほんなら分れへんがな」

「生まれてスグ、お父さんがはいって来はって、ワシに似とる、いいはった」

いちずな姑は、今は息を切らして抗弁していた。夫も負けずに、

「死んだもんは証人にならへん」

「わからん子やな、まちがいなしに、私の子や、いうのに！」

「ヘソの緒でもあるのんかいな」

「ヘソの緒は……」

と姑はひるんだ。

「ヘソの緒、出してみせんかい」

夫は勝誇ったようにいい、私に向って、

「誠のヘソの緒はあるやろ？」

「ええ、誠のは、持ってますけど……」

私は気がねしつついった。

「ほらみい、ほんまに生みの子やったら、ヘソの緒はあるはずや」

「それはな、空襲で焼けてしもたんや」

姑はくやしそうにいった。嘘ではなさそうなのに夫は、

「証人は死んどる、ヘソの緒は焼けた、やっぱりわからんやないか」

姑は今はもう夢中で、自分の箪笥の開き戸をあけて、古いアルバムを持ってきた。

「これ、みなさい、ここに写ってる、生後三か月、謙一郎と書いたァるのん、あんたや。このうしろに抱いてるのんが、私や」

と、指さした。

「写真なんか分るかいな。——人の子抱いてもわからへん」

「何を生意気いうとんねん、オムツの世話やら、オチチの世話、胎毒だして、あたまをクサだらけにして世話かけといてからに、今になって、生んだの生まんのと……」

姑は力をこめて夫をののしった。こういうとき姑は、決して、しょげたり声が裏返ったりする人ではないのである。

実をいうと、そんな手ごわさが夫には憎らしいのかもしれないが、私には、爽快で好もしいのである。

（お婆ちゃん、やるウ……）

と、手を叩きたいところである。私はベタベタする老人は好きではない。

姑は全身、これ闘志の塊まりになって、何でも言うたるでえ！　という恰好で身構えた。

「ほんなら聞くけどな、お婆ちゃん」

と夫はいった。

「何や。オムツとオチチとクサの世話さして大きィしてもろて、まだ何か、文句あるのんか」

と姑は迎え撃った。（ハッケヨイヤ）と私は言いたいところである。

「ワシ、ひょっとしたら貰い子ちゃうか」

「あほくさ」

姑は一笑に付した。胆力そなわり、志操酷烈な姑がいうと、いかにも底力が据ってみえた。

「けったいなこと、いわんといてや」

「ほんなら、お辰つぁん、いう人は何やねん」

「お辰つぁん？」

姑はけげんな顔になった。

「お辰つぁんいう人、おったやろ？　知ってんねんから、かくしてもあかんで」

「お辰つぁん、ねえ……」

姑（しゅうとめ）はしばらく考えるふりで、それも私から見ると、作為的にはみえなかった。

「あ、あ、お辰つぁん、何やまた、何でそんな人のことというねん」

「お辰つぁんのこと、ワシがいうたらいかんか」

「何で思い出してん、お辰つぁんなんて」

「子供かて、わりあいモノ知っとんねんから」

夫は鼻をあかすようにいった。

「お辰つぁん、いうたら、このアルバムにも貼ったァるはずや」

姑はアルバムをくりはじめた。

「え？ そこにもあるのんか」

夫の方が、こんどはうろたえた。

「ほら、ここや」

「どこに」

姑のさし出した黒い紙のアルバムを夫も私も首をのべて見た。そこには、色の褪（あ）せた写真が、きちんと貼られてあったが、男だの爺（じい）さんと孫だの、婆さんだの、町内の仮装大会のような写真だので、若い女の写真など、ない。

「どれや？」

「これやがな、お辰つぁん」

姑の指さしたのは、頭巾（ずきん）をかぶって、黒い紋付を着た老婆である。

「うそや、こんなはずない」

と夫は叫んだ。姑は首をかしげ、

「お辰つぁん、いうたらこの人しか知らんがな」

「カフェーの『麗人』の女給しとった若い女、おるやろ」

「ああ、おトキはんかいな」

「おトキはん」

夫は混乱したらしかった。

「そんなん、居ったか」

「はいな、おとうさんの従妹でな、この子が蓮っ葉で、水商売ばっかり渡りあるいてな、みんなの困りもんやった」

「それはお辰つぁんとちがうんか」

「お辰つぁんは、お父さんの大伯母さんのことや」

「おトキはんの写真あるか」

「そんなもんあるかいな」

おトキはんは、どうやら姑とは肌が合わなかったらしかった。姑は、木で鼻をくる口吻でいう。

夫はまたイキイキした。まぶたの母の名はおトキはんに代ったらしい。

「ほんなら、おトキはんがいっぺん、ワシを連れ出しに来たこと、あったやろ」

「おトキはんが」

「それで、連れていかれて、めし食わしてもろた記憶あるねん」

「ふーん」

姑は思い沈むふうだった。

「ほんならお婆ちゃんが、あれは鬼や、いうて、ワシを止めたやろ」

「そんなこと、あったかいなあ」

といいながら、姑は何だか狼狽してみえた。

「あれ、何やねん、あの女、何やねん」

「おぼえてへんがな……」

いううちに姑は泣き出した。破天荒なことである。姑は涙で人を釣るような性格ではない。そこが長所であるはずなのに。

私は夫の袖を控えた。オーエス所ではない。

「ええかげんにしなさい。何でそう、お婆ちゃんを苛めるのよ」

夫も、いまはすこし狼狽していた。生まれてから四十八年、お袋の涙を見たのは、舅の死んだときのほかはないのだ。

夫は、

「おトキはん、おトキはん……」

とつぶやきながら、あっちへいってしまった。

私は姑のそばへ寄り、肩に手をかけた。

「お婆ちゃん。ごめんなさいね、あんなこというて……。気ィ悪うしはったでしょう」

「紀子さん」

と姑は、鼻を鳴らしながら、いう。

「私はこんな、なさけない思いしたことないの」

「ハァ、わかります」

「わが生みの子に、あんなこといわれて……」

私は姑への同情心で、胸は一杯になった。

「ほんとにもう……。お気持わかります」

「それで、いま、ふいっと考えたんやけど――ひょっとして」

と姑は、うつろな眼を宙に据え、

「あの子、私の生んだ子やないのんやろか？」

「お婆ちゃん、そんなこと……」

私は姑にふと、ギョッとした。錯乱のため気がおかしくなったんじゃないかしら？

「ようありますな、産院でとりちがえる、いうこと……。私はたしかに四十八年前に子供を産んだんやけど、その子が、あの子とは思えんようになってきたわ」

「どうしてですの？」

「わが子なら、あない、私にズケズケいうて仲わるいはずないもの。……実をいうと、いま謙一郎がいうた、あの子の小さいとき、連れ出しに来た女、いうのんおぼえてますねん」

「まあ。やっぱりいたんですか？」

「ハア、キチガイみたいなへんな女でねえ、ウチの子だけでなしに、よその子もつれ出してねえ……。けど、いま思うたら、あの女、産院で子供をとりかえた女かもしれへん……」

姑はうっとりとなった。

「もしそうなら、生みの子は、どこかにいてるのかわからしまへんなあ、紀子さん」

「まさか、お婆ちゃん、そんなこと……」

「まぶたのわが子、いうとこですわなあ」

姑は感傷的な声になった。その表情も、声音も、全く、夫と姑はそっくりなのであった。

誠から、電話が掛っているらしい。

息子の電話は、いつも夜おそくかかる。

夜の方が電話代が安いという理由である。私はその夜、よほど熟睡していたのか、電話のベルにも気付かなかった。

夫が出たのだろう。

廊下の端っこの電話で夫は、そめそめと話している。

「え？　うんうん、元気や、元気や」

息子は、お婆ちゃんとお父ちゃん、やっぱり、チャンバラやっとんのか、といったのであろう。

「うん、毎日チャンバラや。この間はことにひどかった。お婆ちゃんが文鳥を逃がして死なしてしもたさかい、ケンカして泣かしたってん」

夫のことばは、まるでガキ大将がけんかしたのを、得々と報告しているようにみえる。

息子はええかげんにせえや――といったのであろう。

「うんうん、わかっとる。――しかし、これ、お婆ちゃんとワシがケンカしとると、お母さんは気楽でな。世間にようある、嫁・姑のケンカがないやろ。苦肉の策や」

息子は、それはいい考えだといってほめたのにちがいない。

夫はうれしそうに、

「ワシかて気ィ遣うとんねん、これで」

と、得意げにいった。息子は、「金送れ」といったらしい。うまいこと、夫を乗せたらしく、夫はきげんよく、

「よしよし、送ってやる」

といっていた。

そして鼻歌をうたいつつ戻ってきた。私は腹立つが、ここでたぬきねいりしたのは私も気を遣っていたからだ。

クワタサンとマリ

私と夫は結婚十一、二年になろうかというのに、まだ子供に恵まれない。

夫は四十四、私は三十六になってしまった。

このぶんではもう、ダメなのかもしれない。

夫は、昔はよくいっていた。

「早よ、子供産みィな。もし子供産んだら何でもホウビあげます」

ホウビといわれるたびに私は、いつも小学生のとき運動会でもらった、水引の掛った鉛筆とノートを思い出したものだ。夫は、昔から、私に対してうんと年上のおじさんのようにいうくせがあり、それは今でもかわらない。

「男の子やったら、もっとええけどな。おりこうおりこう、してあげるよ」

などともいった。

夫はわりに年若く勤めをやめて独立して、小さいけれども今は人も使い、曲りなりにも会社の社長である。何の不足もない人生で子供のないのだけが残念だといい、人にもいわれて来た。

それでもこればかりは、かけっこや走り幅飛びで優勝するのとちがい、神の領域に入ることで、どうしようもない。私も残念であるが、ついにホウビをもらったり、おりこうおりこうもしてもらえなくて、この年になってしまった。

　しかし、私たちはとても気が合う夫婦なので、二人きりでも、とびきり楽しい。退屈でも淋しくもない。夫の好きなものが、私もすぐ好きになる傾向があり、私はゴルフも麻雀もつきあう。休みの日は、お酒を飲みにいったり、踊りにいったりする。

　ときによると、京都や奈良といった、ついちかくの町で一泊したりする。電車で帰れば帰れるところを、遊んでそのまま泊るのは、いかにもぜいたくな感じで、たのしくて私は好き。

　奈良で、夕ぐれまで鹿とあそび、そのままぶらぶら歩いて、古雅な奈良ホテルで泊り、天井のたかい廊下や、木の手すりの古めかしい階段をゆっくりのぼってゆくのが好き。朝はやく東大寺へ出かけ、朝もやの中をそぞろ歩くのが好き。時折り、子鹿が露にぬれて石灯籠の横にひょろりと立っていたりする、手を出してよんだりして、つぶらな黒い、濡れた眼でじっとみつめられるのが好き。夫のレインコートの肩にも、私の帽子にもうす紅葉が散ったりするのが好き。

　京都で泊ると、瓢亭の朝粥をたべに、早起きするのが好き。また祇園さんの夜、汗しとどになって、小さな定宿へ引きあげてくるのも好き。鴨川べりのお茶屋で、私たち二人ともひいきの豆太姐さんのおしゃべりをたのしむのも好き。

　要するに、私たち二人は二人きりでたのしむ方法をいくつも知っていて、夫婦というより友人のようだった。だから世間の人たちのいうように淋しさや退屈はちっとも感じ

ない。世間では、私の年で、子供がないというと、

「お淋しいでしょうね」

とか、

「手持ちぶさたでしょ」

と同情する。

子供を途中で死なせたりしたのなら淋しいかもしれないが、はじめからいないのだからぴんとこない。

尤も、それは女の私の考え方で、夫は夫で別の気持かもしれない。ただ、もう、「おりこうおりこうする」から男の子を産めの、「ホウビをあげるから子供を産め」とはいわなくなった。十一、二年のうちにいいくたびれたらしい。

けれども、としのいったおじさんが小さな姪にいうようなクセはまだ直らない。そうして、

「ウチには子供がいるから、もうええわ」

という。私は年こそいっているが、たよりなく手がかかって子供みたいな所がある、という。

そうして、どこが、ということなく、かわってる、という。どこが変ってるのか、自分ではわからない。

通いのお手伝いさんの木下サンというおばさんは、私を、べつに「変ってるとは思わ

ない」といっている。ただ、「どちらかというと」あんまり夫婦仲がいいので、とても結婚十年とはみえない、そこが世間の夫婦より「変ってるところかもしれない」という。

私は夫と結婚するなんて、はじめは考えたこともなかった。夫は父と仕事の上のツキアイがあり、うちへよく来ていて、私とは冗談をいいあう仲だった。

あるとき、お茶をもっていった私に彼は、

「もう学校、卒業しましたか？」

ときいた。

「いいえ、まだよ」

私は阪神間(はんしん)にある女子大に通っていたが、花嫁学校もいいトコで、半分おあそびのような授業だったし、四年になると、ろくに学校へ出る必要もなかった。いつも家でブラブラしていることが多く、それで彼はそうきいたのだろうと思った。

「来年の三月なの。まだ半年も先です」

「長いねえ」

私は、四年制についての意見だと思い、

「ほんと、短大でもよかったな、なんて考えてるんです」

「そんなら、中退して、結婚したらどないですか」

「そうね。退屈ですもの。結婚するかな」

「そうしましょう、そうしましょう」

彼は欣然として手をこすり合わせ、ちょうどそこへやってきた私の父に、

「マリ子さんと結婚させて下さい」

といった。

父はびっくりしたが、私はもっとおどろいた。私はそんなつもりでは、さらさらなかった。

「二人で約束をしたのかね？」

父はキツネにつままれた顔でいったが、私は、

「いいえ、寝耳に水よ」

とハッキリ、いった。

「マリ子さんは寝耳に水かもしれませんが、僕は前々から考えてましてん」

と彼はニコニコしていった。彼はわりに老獪なところがあり、父と母をうまく籠絡して、私にあえば、あんたは僕と一緒になるのがいちばん幸福なのです、とくどいていた。

私は小さいときから素直な子だといわれたが、それは、単純で人に影響をうけやすいからである。彼の話をきいているうちに、「それもええなあ……」と思いはじめてきた。

こんなところが私の変ってる点かもしれない。何週間かたつと、私はすっかり、彼にのぼせあがり、ポウとして、「桑田さんと結婚できないなら、誰とも結婚しない」と両親にいうしまつだった。桑田というのは彼の名である。

両親は、結婚よりも、私がたちまち、彼にイカれてしまったことで、私の性格の不安

定を、危惧しているようにみえた。

「オマエはすぐ、手のひら返したように思いこんでしまうから、見ていてハラハラする」と父はいった。それにつけても、ヘンな男に夢中にならなくてよかった、とほっとしたにちがいない。

彼はしっかりした男で生活力もあったし、結婚相手には申し分ないように思われたから。

私は夫に夢中になった。夫との生活は楽しくて一年はアッという間にたつ。気がつくともう十年をすぎているのだ。子供をほしいと思わないではないものの、毎日面白いから、あんまり考えこむことなく、日はすぎてゆく。

私は上機嫌でいるわけである。

病院でみてもらったら、二人ともどこもわるくないということで、焦らず気永にいなさい、といわれた。おくさんは健康だから、四十になっても生めますよ、とお医者さんになぐさめられた。

木下サンは、知人のおくさんは、四十三の初産で安産だったと保証した。私は、人の話を素直に信ずる方なので、のんきにかまえているのである。これも、私が毎日、上機嫌でいるわけであろう。

夫は、面白い上に、やさしい男である。この男の特徴は、私の母のように、私のしたことを責めないことである。母は、すんでしまったことを、「ああすればよかったのに、こうすればよかったのに」と責めたものだ。

　しかし夫は、私が何か失敗しても、うーむと考えて、

「まあ、しょうがないな。こんどから、こないしてや」

と指図してくれる。私はそんな夫を尊敬している。夫のいいつけを守っていれば、まちがいないのだ、といつも思う。私が夫に対しての希望は、唯一つ、長生きしてほしい、ということだけである。死ぬときはヨーイドンで一緒に死にたい、ということだけである。

　木下サンは、そんな私を、「しあわせなおくさんや」といっている。それは、ひやかしているのであるが、私は、

「もし主人が先に死んだら私もすぐ死ぬわ」

といって、いよいよ木下サンを腐らせるのである。木下サンはしまいに閉口して、

「こんな仲の良ぇご夫婦、知りまへんわ、三十づら四十づら下げてけったいな夫婦や」

とあきれてしまう。私はそれを、夜、夫に伝えてやる。

「四十づら下げて、はよかったなあ」

と夫はいい、私を抱きよせて、

「マリと一しょやったら、七十づら下げても、この調子やで」

と、かるくキスする。私たちが二人だけでよびあうときは、夫は私をマリとよぶし、私は夫のことを昔そのままに「クワタサン」というのである。

そうして人前ではたがいに、

「家内です」

「主人がいつもおせわになりまして」

などとすましていうのである。そんな約束ごとも、私はだいすき。

夫は両びんにすこし白いものが目だちはじめた。そうして太って来て、胴まわりが太くなった。しかし中年になっても本質はすこしも若いころと変らないみたい。仕事でどんなにおそくなっても必ず帰ってくる。夫と二人、寝室にこもっていることは十年たった今でも、私には喜ばしいトキメキである。それどころか、ますます、クワタサンは、深く匂い濃く、私の身心を染めてゆく気がする。

「そばへ寄ったら暑い、暑い」

クワタサンはときにそういって笑い、私をおしのけるしぐさをするときもあるが、そういう晩でも、私は、クワタサンの手か、腕か、肘かにふれているだけで、心も体も、幸福に充電されてしびれてしまう。クワタサンが、おいで、とやさしくいって抱き寄せてくれるときなんか、私はあんまり幸福すぎて、海月のようにくにゃくにゃとなり、身も心も放恣にひろがってしまう。部屋があまり暗いのですこしカーテンをあけてある。月夜の晩は、あかるい光が枕元からさしこんでくる。私はだんだん、クワタサンが年と共に好きになる。肉体と心の奥ふかいところ（というと、それはもう、人の生涯そのものであるが）で、私はクワタサンに捉えられ、愛され、愛している気がする。

そういうことは、ひと月にいっぺんのこともある。昔は毎晩、愛を交したが、木下サンのいう、四十づら三十づら下げた今は、どうかして（彼の出張があったりすると）ひと月に一ぺんになる。

しかし、私にはその時の感動がふかいので、飢餓感を感じたことはない。毎朝、目をさまして、横にいる夫をみるだけで、心はみたされる。

出張の夜は、電話が掛ってくる。彼は、

「晩、何をたべた？」

などといい、「おやすみ」と電話を切る。

それだけで私は満足する。

私は体も心も、夫でいっぱいになり、ちょっとでも動くと、たぷたぷとこぼれてしまいそうである。大好きな彼と十なん年をくらし、このあともまだ死ぬまで一緒にいられるという、この気の遠くなるような、しあわせ。

夫と妻、という対社会的な、とりすましたお面をかぶりながら、私たちは、裏側ではマリとクワタサンという仲よしの恋人である。二人は世間をごまかしている共犯者である。

私は、夢ごこちで毎日、くらしている。

これで上機嫌にならなければうそである。

そして、子供がほしいと切実に思えないわけも、そこにある。私はクワタサンだけで、もう、人生はツッ一杯である。

でもすこし、心配にもなる。世間の誰も彼も、夫婦ならみな、「クワタサンとマリ」になるわけではなかろう。そんな気が漠然とする。

それは自慢や誇示ではなく、一種の不安な予感とでもいうべきものである。

もしかしたら……もしかしたら、こんなに仲のいい夫婦なんて、どッかヘンなのではないのか。「クワタサンとマリ」の方が、世間の夫婦に比べアブノーマルなのではないかしら？


その日、私は木下サンと庭の草むしりをしていた。そこへ、デパートから配達が届いた。

一つはほんものの乳母車、一つは何か分らない。注文したおぼえはなかった。

「ウチですか？」

といって伝票を見ると、いつもの、夫の使うお得意さまカードで買物をしている。私は首をかしげた。

夫は私に贈りものをするときは、必ず私にえらばせたり、相談したりする。

抜きうちに贈り物することはまず、ない。そんな点は日本男児で、とつぜんプレゼントしておどろかせるなどという腰がるなところはない。これも日本男児の特徴で、買物ぎらいな方である。

どこかへお祝いにあげるつもりかしら？　と思った。

「おや、大きな縫いぐるみのクマですよ」

木下サンはもう一つの包みをあけて叫んだ。

「これもお買いになったんですか？」

私は縫いぐるみのクマは、もしかしたら、夫のプレゼントかもしれない、と思った。以前、赤ちゃん人形を夫にたのんで買ってもらったことがあった。それは、赤ちゃん人形の感触がぼってりして、ほんものの赤ちゃんのような重量感があるところに心をそそられたからだった。私は飼犬がもう大きくなって抱けなくなったからという理由で、夫に、会社のかえり、デパートへまわって買ってもらった。そんなことを夫はおぼえていて、ふざけたのかしら、と思っていた。私は赤ちゃん人形が気に入って、家にいるとき、よく膝に抱いていた。ごはんをたべるときも膝に置いた。

籐椅子に腰かけ、膝に赤ちゃん人形を置いて、庭の花をスケッチしたりしていた。

「子供が出来てからは、亭主は抛ったらかしやな」

と夫は冗談をいった。そのうち私は赤ちゃん人形に飽いた。動きも笑いもしないオモチャよりは、私にとって尽きせぬ好もしいオモチャは、やはり夫、クワタサンであった。クワタサンは空気か水のように、飽かず美味であった。

そんなことがあったので、夫は、私を笑わせるつもりでクマを買ったのかと思った。クマはかなり大きく、そして頓狂な顔をしていて、見ていると笑いを誘われた。

夫がおそく帰ってきたので、私は出迎えて、夫にきいた。

「ねえ、これ何ですか」

帰ってきた夫は乳母車を見て、すこしびっくりした。私は、

「どうしてこんなもの注文したの？」

「知らん。誤配やろ。僕は知らんよ」

そうか、と私はあわてた。

「すると、クマも誤配かな」

「クマ？」

「縫いぐるみ。包みを破ってあけてしまった。寝室に飾っておいたけど」

夫はすこし黙り、

「あれは僕がした。気に入った？」

「そうか、やっぱりクワタサンがくれたの、かわいくて好きよ。ありがとう」

と私はよろこんでいった。

クマは寝室の床の間に立っていた。クワタサンはくるりとうしろ向けて、

「あっちむいててんか、恥かしい」

という。クワタサンは愉快な男だった。
二、三日して、デパートの人がまた来た。乳母車は誤配だったので引きとりにきたのだった。そしてついでに、縫いぐるみのオモチャがあるはずだといった。私は、それは

まちがいなくウチへの配達だといい、デパートへ電話をかけて問い合せることになった。

その結果、おかしなことがわかった。

クマは、同じものがもう一つ追加され、乳母車と共に某所へ配達するよう、手配されることになっていた。

配達の少年は、それで納得してかえった。

しかし私は、どう考えても、解せなかった。

なぜなら、乳母車もクマも夫のカードで支払われているのだ。

私は再び電話してデパートへ、とどけ先をきいてみた。

見も知らぬ住所と、女名前が告げられた。

私は半日のあいだ、そのナゾときに夢中になった。夫が帰ってきたとき、それを夫に告げて二人でそのことにつき、しゃべりたくてたまらなかった。

しかし、もうちょっと目鼻がつくまで黙っていようと思った。私一人で考えたかった。

夫が私にだまって何かやってることで、私は夫に不信感をもつどころか、マスマス興味をもった。私はクワタサンに、何年たってもおどろかされるのが気に入っていた。

「今夜はおしとやかやなあ」

と夫は感心した。

「ちょいとね。考えごと、してるの」

私は、夫の秘密をバラしたときの快感を思ってニッコリしたら、クワタサンは、私の鼻のあたまにキスした。そうして床の間のクマがこっち向いてるのを、また後ろ向きにし、

「夫婦の秘めごとを、見るな、いうのに」

といったので、二人で笑った。

二、三日して、私は問題のその住所をたずねていった。わが家から二つほど大阪よりの駅で下りて、タクシーをとばした。小ぢんまりした建売住宅らしい家が並んでいた。その一ばん端に、私が聞いた名の標札が上っていた。

庭に、乳母車があり、ホースやちりとりが散らかっていた。その乳母車は新品でぴかぴか輝いていた。家へ誤配されたソレらしかった。

女のひとが出て来て、庭にオムツを干そうとし、私に気づいて、

「どなた?」

といった。背の高い、若い女で、かなり美しかったが、学生のようにぶっきらぼうである。

「いえ、おうちを拝見してたんです……いいおうちですね」

というと女は、このへん分譲地が多いのでそんな買手の一人かと思ったらしく、

「建売よ、ここ……あまり、いいウチじゃないわ」

といいながら竿(さお)に、輪になったオムツを並べていった。私は手伝って、一ばん上の段

に上げた。

「ありがとう」

と女はいって、

「それにここ、水の出がわるいの。そのうちにはよくなるというけれど……小学校が遠いしね、こまってんの」

という。

「お子さま、通っていらっしゃるの？」

「いえ、さらい年だけど。保育園も遠いし、はじめにそんなこと考えるべきねえ」

「ほんとうに」

「オタクも子供サンがいるなら、小学校とお医者さんのあり場所を、まず調べてからにすべきよ。私の知ってる人、ここからもっと奥だけど、小学校まで六キロあって、毎日、奥さんが車でつれてってるの」

「へえ」

「ウチも、そうしろ、と主人はいうけどねえ……」

若い女は、主人という語に力を入れていうようであった。

私は、女に子がある以上、主人がいて当然と思ったが、主人がいるのに標札が女名前なのはナゼカと考えた。中々、夫に結びつかない。

「オタクは家を建てはるの、それとも、建売を買うの？」

と女は聞いた。彼女は不愛想にみえるわりには、気さくで話し好きのようであった。

「どっちがいいかしら？」

「そりゃ、建てる方がいいわ、建売は出来が粗末よ」

「越してらして、だいぶになるの？」

「まだ三か月よ。新しいだけが取り得ね」

女はそれでも家が自慢なのか、

「ごらんになる？」

といった。

私は、

「お玄関だけね」

といって、女のあとについていった。

家の中は散らかっていた。下駄箱の戸はあきっぱなし、子供のオモチャが廊下に散乱して、雑巾が上りがまちにひろげてあった。まだあたらしい家なのに壁には、赤いクレヨンのらくがきがあった。

「この右手がトイレ、左手に応接間と居間、その向いがキチンよ。二階はふた間あるの」

「ほんとうに、いいお家……」

「壁はうすいし、たて具が粗末でね」

「いいえ。すてきよ」

と私はいった。

私は、家の中の乱雑ぶりに心を奪われていた。それは薄い壁や、悪いたて具などふっとんでしまう魅力だった。

生きもののもつ、なまぐささ、快いけもののにおいとでもいうものがものすごい迫力にみちて私の心をつかんだ。そのとき、廊下の奥からもぞもぞと何か白いものが匍い出してきて、わんわん泣いた。

「あらあら、おひるねさめたの？」

女はあわてて上って抱きとった。それは、ベビー蚊帳を引きずって匍ってきた赤ん坊だった。女は笑いながら赤ん坊を抱いて私のそばへ来た。

「目がはなせないので困るわ……」

よく肥えた赤ん坊は目も鼻も口も一しょにして泣いていた。私は赤ん坊のまるまる太った腕に何か、くっついているのをみつけた。それは油虫の肢だった。いかに座敷や廊下が汚ないかという証拠のようだが、私にはそれすらも感動的であった。私の家のように髪の毛一すじおちていず、きちんと片づいた。清爽な美しさよりも、私は、この乱雑さ、よごれぶりに新鮮な興味をもった。

オトナたちだけの家庭のかもし出す、ひややかで静謐なおちつきよりも、不意をつくようにけたたましく泣きたてるイキモノに好感をよせた。

赤ちゃん人形、クマの縫いぐるみ、それらは人間が動かさなければ、永久に、じっと静止し、地球最後の日まで、そこに据えられているのだ。

それだのに、小さなイキモノたちは、不作法なあらあらしさで、徊いまわり、あばれ、ありったけの声でわめきたてるのだ。

そのとき、庭に喚声が上って、子供たちの足音が乱れた。三つ四つの幼児たちが五、六人鬼ごっこをしながらかけこんできた。

「庭へ入ってきたらダメ、花壇を踏んじゃダメ、物干しのまわりを走ったらあかん！」

女は金切り声をあげた。

「ほらほら、何すんの、あッ」

男の子の一人の持っている虫取り網にひっかかって、せっかく干したばかりのオムツの竿がはたりと落され、オムツは汚れてしまった。

女は赤ん坊を私に押しつけて抱かせ、男の子をつかまえて、尻をぶった。男の子は元気のいい声で力いっぱい泣いた。

私は赤ん坊を抱いたまま、その子を見た。男の子は、どこがということなく、夫に似ていた。女にも似ていたが、それ以上に、夫によく似ていた。私は男の子に視線を当てた。

そうして私には、それはいかにも、あり得べきことのように思われた。

私が、この家の、この喧騒、この猥雑、このじだらく、この活気に、心奪われ、魅力を感ずる以上、夫もきっと、ひきつけられるはずだ、ということを直感した。私が、ショックを受けたとすれば、ただひとつ、夫への共感である。

私は、その共感を、一刻もはやく夫に話したくてたまらなかった。

女は礼をいって私から赤ん坊をうけとった。

今は、私は、女にも好感をもちはじめていた。女が不愛想にみえたのは、率直すぎるからだ。私が地におちたオムツを拾い上げようとすると女は、

「おいといて頂戴。かまいません」

と叫び、赤ん坊を乳母車の中に入れた。その代りに、縫いぐるみのクマをひっぱり出した。そのクマは私のうちにあるものと一しょだった。

彼女はあの汚れたオムツを洗うのだ。いそがしいときに、せっかくきれいにしたものをまた、一から洗わなくてはいけない。お風呂もたてなくてはならず、買物にいかなくてはならず、ああ忙がしい忙がしい、と呪いながら、彼女はひとりでキリキリ舞いするのだろう。ここには木下サンもいないのだから……。しかし私は、苦役にうずめられている彼女の一日に、羨望を感じた。

あの子供は二人とも夫の子なのだろうか？　私は、間抜けているが、今日ばかりはカンが働いた。きっと夫の子なのだ。それにしても、これからどうするつもりだろう？　自分ではどうしようと思っているのだろう？　それから、私は、どうしたらいいのだろう？

私は、ひとりでは何も考えられないので、とりあえず家へ帰った。

夫はおそく帰宅し、食事はすませた、といった。夫は接待や寄合で外食することが多い。

しかし私は、あの女、小野梢のところでたべたのではないかと想像した。どんなににぎやかな食事だったろうと思うと、うらやましくて腹が立つが、その腹立ちは、ありていにいうと自分も寄せてくれなかった、という僻(ひが)みである。

私はぼんやりしていたので、

「どうした。熱でもあるのか」

と夫にいわれてしまった。夫は心配そうにまじまじと私を見つめていた。

私はこのときになって、どんなに夫を深く愛しているかがわかった。なぜなら、夫にちっとも怒りや嫉妬(しっと)を感じなかったからである。

夫は、二人もの子供を産ませるくらいだから、よほど小野梢という女を愛していたのだろう。そうして、それを私に知らせまいとして、とても苦労しただろうと思った。するると、夫のいそがしい心のやりくりに、同情しないではいられない。私は、梢という若い女にも怒りは感じなかった。私が夫にひきつけられ、海月(くらげ)のようにくにゃくにゃになってしまう位だから、おそらく彼女も、夫の魅力には抗しがたいのだろうと察することができた。

(しょうがないのやわ……)

と思って、私はためいきをつき、涙ぐんだ。

「どうした！」

と夫は眼をまん丸にして叫んだ。

「クワタサン、小野梢という女のひとの所の子は、あなたの子でしょ」

と私はいった。

夫は咥えていた煙草をおとした。まるで鼻柱をがんとやられたように怯んで、ひとこと、

「すまん」

といった。彼は、ごちゃごちゃ弁明せず、その一言だけで白状した。

「何でわかった」

「乳母車の誤配からよ」

「うーむ。もしや、と心配してた」

夫は、私の手をとった。

「どういうてええか、わからへんけど。すまん、という一語あるのみです」

「私も、どういうてええか、わからへんけど——しかたないと思う。あの女、ええひとみたいやし、あんなにクワタサンが欲しがってた男の子も生んでるんやし。あの下の赤ん坊も男なの？」

「そう」

夫はうなだれて蚊の鳴くような声で答えた。

「にぎやかで面白いやろうなあ。私も、あんな、ごちゃごちゃしたとこ、好きよ」

「いや、それは……」

夫は苦しそうにいった。私はいそいで、

「これ、私、やきもちでいうてるのんちがうのよ、ほんとにそう思ったのよ。私でもあんな家、欲しィなるもん。むりない、思うたわ、ううん、皮肉や意地わるとちがうのよ」

私は、夫が誤解しないかと思い、熱心にいった。

「わかってる。マリはそんな人間とちがうの、知ってる」

「おもしろそうな家ね、あの女も。赤ん坊が匍い匍いしてきたのみたらね、手にアブラムシの肢、くっついたあんねん……」

私は笑った。夫は眉をしかめた。

「あいつ、だらしないねん」

「あら、それはいそがしいんやもの、むりないわ、若いのにようするわ、感心よ」

「会うてきたのか？」

「でも、何もいわなかった、私。建売住宅の話をきいただけ……。あの女、あの新しい家をうれしがってたわ」

私はそのときになって気づき、いった。

「あの家は、あの女に買ってあげたのね？」

夫はうなずいた。夫はだまったままでいた。

「私、怒ってると思う？」

「…………」

「ちっとも、怒ってないよ」

「うん」

「クワタサン、いろいろ気を使ったでしょう。かわいそうに、思(おも)てるねん」

「よわいなあ。マリ、かんべんしてくれよ。すまん、思とるねん。何でもするから、かんにんしてェな」

「怒ってない、いうてんのに。けど、ちょっと聞きたいな。何年になるの？」

　夫はためいきをつき、

「五年」

　そしていそいで、

「マリの方がずっと長い」

「それはもう」

「回数も多い」

「それはもう」

「マリの方がずっと好きやし」

「それはもう」

「そのくせ、こんなことになってしもて」

すこしの間、沈黙がおちてきた。

「ちょっと聞くけどね」

私は小さい声でいってみた。

「あの男の子を、あの梢さんが生んだときも、ホウビをあげたの？」

「…………」

「おりこうおりこうしたの」

ふしぎや、そういうと、私自身誓ってなにも、そんな気はなかったのに、涙が溢れてきた。ちっとも泣きたくなんか、ないのに。

それに泣いたら夫が困るから、気の毒だし、かわいそうだから泣いちゃいけない、とわきまえてるのに、涙があとからあとから出てきて、こまった。私はいそいで説明した。

「何でかな、何ともないのに、ナミダ、出てくるねん」

夫は私を引きよせた。

「これ、悲しして泣いてんのちゃう。怒って泣いてんのとちゃう……。何でかなあ」

と私が夫の胸で泣きながらいうと、夫は、

「僕なあ、マリが別れるというても、離せへんで……」

と泣いていた。

夫婦ふたりで泣いてるなんてとこを見たら、木下サンはどんなに呆れて、「けったいな夫婦や！」というであろうかと、ふと私はクスッと笑った。

あくる朝、目がさめると横に、夫は寝ている。それは私を、今までなかったふしぎな感覚で捉えた。私は、複雑な陰影をこめて夫を愛していると思った。昔のように、単純な恋ではなくて、新しいつきあい方になった。それはまた、今までの夫ではなく、べつな夫になったことをも思わせる。

でも私たちは、表面、なんのかわりもなく仲よく暮らしていた。

一週間ほどして私は、また、小野梢のうちへいってみた。私は、あの子供たちにひかれ、あの家の乱雑さにひかれていた。あの家にはするべき用事がいっぱいありそうで、それも魅力であった。私は、できることなら、何か用事を——オムツを洗うとか何か、手伝いたかった。

私は、おいしいクッキーを都心で買ってから、家へいった。

玄関の戸をあけるときになって、私は、何といって入ったらいいか、ハタとこまった。

しかし小野梢はすぐ出て来た。

彼女は棒立ちになり、私をにらみすえた。

明らかに、今日の彼女は、私のことをよく、知っていた。私が何者か、わかったにちがいない。

「また偵察に来たの、おくさん！」

と彼女は、突立ったまま、どなった。

「あんた、この前、さぐりに来たんでしょ。やさしそうな顔して、陰険な人ね！」

「あら、ちがうわ……」

「わかってるわよ。どんなことをしても、私、負けないわよ。二人も子供がいるのよ、くやしかったら生んでみたらええねん」

「私、できないのよ。お医者さんは大丈夫というんやけど」

と私はいった。しかし彼女は、私の返事には耳もかさず、

「絶対、別れるもんか、絶対！」

と足をふみ鳴らした。

「桑田さんから別れるもんか、二人も子供いるんやから、別れたれへんのや！」

「あら別れたらこまるわ。クワタサンがさびしがるやないの」

私は狼狽していった。私はふつう、人前ではクワタサンといわないのだが、梢がいうので釣られてしまった。

「ダメよ……別れたらあかんわ、せっかく男の子ができてるのに……」

梢は、ヘンなことを聞く、というように私をじろじろと見おろして、また、叫びたてた。

「わかった。ほんなら、私から子供をとりあげるつもりやな。子供とりあげて、私だけ抛り出すつもりやな！　そんなこと、させるもんか、子供を手放すもんか！　おくさんそんなことできる思うてタカくくってるのやろ」

私はちがうちがう、と必死にいった。

「ちがうのやったら、自分が離婚してみなさいよ」

「それはむりよ。あんたが、別れるのがいやなのと同なしで、私もクワタサンと離婚するの、いやよ」

と私。

「そんな虫のええことというて、私ら母子三人、どうしてくれんのよ。お父ちゃんはね、ここへくると風呂をわかしたり、洗濯機まわしたりして手伝うてくれるのよ。下の子のオシメ、替えるのなんか、うまいもんよ。あの子供らから、お父ちゃん奪うことは、おくさんだって、でけへんわよ」

「そうねえ。そう思うわ」

「おくさんすこうし、バカやないの？　ぼさッとしてるから、こんなことになるのよ、自分の身から出たサビね」

私は、口では彼女にかなわないと思ったので、おいしいクッキーの箱を、おずおずと上りかまちにおいた。

「あの、坊やにあげてちょうだいな……」

「何や、こんなもん。何や、こんなもん。おくさんから物なんか、もらいとうない！」

と小野梢は、足で箱を蹴って、床へ落した。

私は腹が立った。しかし彼女も、負けずに腹をたてていた。

「ふん、おくさんやいうて大きな顔して！　子供も産まれへんくせに、先に結婚した、いうだけで大きな顔して」

そのとき私の考えたのは、小学生が先生に言い告げ口をするような、というたる！　いうたる！　クワタサンにいうたる！）

（いうたる！　いうたる！　クワタサンにいうたる！）

ということである。私は怒りと腹立ちと悲しみ、それも夫に話して聞かせたい悲しみのために、いそいで家に帰ってきた。

そうして、会社へ電話して、早く帰宅してほしい、と秘書の男の子に伝えてもらった。夫は、めったにないことなので、おどろいて飛んでかえった。

私は、木下サンがまだ居るので、聞かれないようにと思い、寝室へひっぱってゆき、今日の小野梢のことを話した。

「私、何もケンカしにいったんちがう。子供の顔、見とうなったし、あの女にもいろんな話、したかったから……。そやのに、誤解して、そんなことというのよ」

「うーん。それは、あいつがいかんなあ。気ィはええ奴やねんけど、とんちんかんで、早トチリの名人やねん。躾けが悪うてすまん」

夫はこまっていった。

「しかし、子供も産まれへんくせに、というのはよくない。よし、僕が怒っとく。何ぬかしとんねん。一人で産んだようなこと、いいやがって。これも相手あってのもんやないか、そやろ？」

「そうよ」

私はすこし、なぐさめられた。

「そんなこというやつ、ゲンコツや、ゲンコツくれたる」

「それにしても、一人の旦那さんと一人のおくさんて、不便ね。誰や一夫一婦きめたん」

「不便。不便」

「どうしたらええかな」

「ぼちぼち、考えな、しようがないね」

「うん。しかし、あいつにはよう怒っといたるからね。今日の所は、かんにんしたり」

「うん。怒ってやってね」

私は木下サンに、早く夕ごはんにして、といいにいった。

木下サンは、じろじろ私を見、

「ほんまに仲が良すぎる、けったいな夫婦や」

とつぶやきながら、買物籠をさげて町へ出ていった。

（「けったいな夫婦」改題）

解説

寺地はるな

田辺聖子さんを知ったのは十歳の頃だった。おそらく母か姉の本だったのだろう、家のテーブルに一冊、無造作に置いてあった。『言い寄る』という、児童書には登場しないタイプのタイトルだったので「子どもが読んではいけない本に違いない」と思い、物置に隠れてこっそり読んだ。

大人の本というのはもっと堅苦しくとっつきにくいものだと思っていたが、ぜんぜん違って驚いた。スキップでもしてるみたいな軽やかさで、けっして軽くないことが書かれていた。

そしてその物語に登場する人びとにもおおいに衝撃を受けた。当時わたしが読んでいた少女漫画はきれいな男の子と女の子がきれいな恋をするものと相場が決まっていた。しかし田辺聖子さんの作品には清く正しくない、美男美女でもない（でもとびきり魅力的な）人びとがたくさん登場する。あちゃーと呆れるようなところも、なんじゃそらと驚くような人のどうしようもない部分も描かれているのに、どうにも憎めない。

以来三十年以上の期間にわたって、田辺聖子さんの作品とともに生きてきた。小説の書きかたに悩んだ時、他人とのコミュニケーションの取りかたに悩んだ時、よく読み返す。日常のささいな光景に疑問を持った時などにも。

日常の、とは、たとえばSNSなどをやっていて、配偶者に関する愚痴のような投稿を見かけるような時だ。みんな「周囲の人に言うわけにはいかないが、胸の内にとどめておくのは苦しい」というような理由で投稿するのだと思う。

しかしそれらにたいして「自分なら別れる」といった感想、いや感想とも言えないひとりごとのような反応をする人がたまにいる。他人の話のごく一部だけ聞いて「自分なら別れる」と（求められてもいない）感想を述べるのは、自分がスッパリキッパリした人間になったみたいできっとすごく気分爽快なのだろう。しかしそんなふうにスッパリキッパリとわりきれない複雑な事情や感情がからんでいるからこそSNSで愚痴を吐き出しながらなんとかやっていこうとしてるのではないのだろうか。

ほっといたれよ、と傍で見ているわたしは思う。愚痴ぐらい言わせろよ、と我がことのように怒る時もある。そして「だめなら即切り捨てる」という考えかたについて、あやうさを覚える。

この「あやうさ」について、ここ何年も他人にうまく説明できずにいたのだが、『ほとけの心は妻ごころ』を読んだ今ならばできる気がする。

本書に登場する夫たちは、そろいもそろってろくでもない。と言っても酒乱とかモラハラといったシャレにならないレベルではなく、やたら勘定に細かかったり、外ではおとなしいのに家ではいばりちらしていたりする程度だ。

もし知人の夫だとしたら。「別れなよ」と意見するほどではもちろんないが、自分なら結婚したくないな（死んでも嫌というほどではないけど）とこっそり思ってしまうぐらいの、絶妙なろくでもなさだ。

絶妙といえば「こういう人、ほんとうにいるよね」と思わされる按配（あんばい）もそうだ。表題作「ほとけの心は妻ごころ」の夫なんて、わたしの亡き父そっくりだ。


夕食に私がいないと、夜叉（やしゃ）のごとく悪鬼のごとく荒れ狂うのだ。（「ほとけの心は妻ごころ」16ページ）

ここ！　思わずこのページに「○○（父の名前）だ！」と書き殴った付箋（ふせん）をはりつけてしまったぐらいに似ている。

しかし各短編の語り手である妻たちは、そんな彼らを容赦なく責め立てない。排斥もしない。それは「やさしさ」とはすこし違う。口答えせずに夫を立てる、というような従順さともまた違っている。


（前略）いったん怒らせたり不機嫌にならせたりすると、あと、もとどおり、機嫌がなおるまで長いから、うっとうしい。（「ほとけの心は妻ごころ」24ページ）

というような、合理的な判断に基づくものだ。耐えている、という印象は受けない。うんざりしながらもなんとかつきあってます、という印象だ。そうして心の中では

相手を無警戒にさせといて、こっちは武装してるなんて、たのしいことだ。(「美男と野獣」115ページ)

なんて考えているから、油断ならない。「美男と野獣」の妻だけではない。他の作品の妻たちも一様に、繊細なレースにくるんだ針をポケットに隠し持っているかのようだ。やわらかくかわいらしい雰囲気の奥に潜む、冷徹と言ってもよいほどのまなざし。読んでいるほうはそれを知っているから、作中の夫の言動にひやひやする。あんたそのうちチクッとやられちゃうよ！　と心配してしまうのだが、妻のほうは「針なんか持ってないよ」みたいにのんきな顔をし続け、最後の数行で「ま、刺そうと思えばいつでも刺せるんだけどね」とばかりに軽くポケットに触れてみせる。かなわない。

しかしこのように、相手の弱さや愚かさをむやみに甘やかすのではなく冷静に受けとめ、そのうえで慈しみ、ともに生きていくということはよほど精神が成熟した人でなくてはできない所業ではないだろうか。

この人のここがだめだから切り捨てる、という選択はいさぎよい。気に入らないおも

ちゃをゴミ箱にほうりこむ幼児のいさぎよさだ。だからわたしは、やけにスッパリキッパリした意見を、そしてそれを赤の他人にそのままぶつけてしまえる感性を、すこしあやういと感じてしまうのだろう。

だめな人がだめなまま存在することを許される世界は、おおらかで風通しが良い。本書に登場する夫たちに視点を移動すると、こんどは妻たちの弱さや愚かさが見えてくる。だってわたしたちはみんなそれぞれ、数多（あまた）の欠点を抱え、お互いに許したり許されたりしながら生きている。本書はきっと、そんなわたしたちがスッパリキッパリとはいかないこの世界を歩んでいくための、心強い友人のような一冊となってくれるに違いない。

本書は、一九八〇年四月に刊行された角川文庫を改版したものです。

本文中には、今日の人権擁護の見地に照らして、不適切と思われる表現がありますが、著者自身に差別的意図はなく、また、著者が故人であること、作品自体の文学性を考え合わせ、底本のままとしました。

（編集部）

ほとけの心(こころ)は妻(つま)ごころ

田辺聖子(たなべせいこ)

昭和55年 4月30日　初版発行
令和2年 7月25日　改版初版発行
令和6年 3月5日　改版7版発行

発行者●山下直久

発行●株式会社KADOKAWA
〒102-8177　東京都千代田区富士見2-13-3
電話　0570-002-301（ナビダイヤル）

角川文庫 22252

印刷所●株式会社KADOKAWA
製本所●株式会社KADOKAWA

表紙画●和田三造

ISBN 978-4-04-109677-2　C0193

◆◇◇

角川文庫発刊に際して

角川源義

第二次世界大戦の敗北は、軍事力の敗北であった以上に、私たちの若い文化力の敗退であった。私たちの文化が戦争に対して如何に無力であり、単なるあだ花に過ぎなかったかを、私たちは身を以て体験し痛感した。西洋近代文化の摂取にとって、明治以後八十年の歳月は決して短かすぎたとは言えない。にもかかわらず、近代文化の伝統を確立し、自由な批判と柔軟な良識に富む文化層として自らを形成することに私たちは失敗して来た。そしてこれは、各層への文化の普及滲透を任務とする出版人の責任でもあった。

一九四五年以来、私たちは再び振出しに戻り、第一歩から踏み出すことを余儀なくされた。これは大きな不幸ではあるが、反面、これまでの混沌・未熟・歪曲の中にあった我が国の文化に秩序と確たる基礎を齎らすためには絶好の機会でもある。角川書店は、このような祖国の文化的危機にあたり、微力をも顧みず再建の礎石たるべき抱負と決意とをもって出発したが、ここに創立以来の念願を果すべく角川文庫を発刊する。これまで刊行されたあらゆる全集叢書文庫類の長所と短所とを検討し、古今東西の不朽の典籍を、良心的編集のもとに、廉価に、そして書架にふさわしい美本として、多くのひとびとに提供しようとする。しかし私たちは徒らに百科全書的な知識のジレッタントを作ることを目的とせず、あくまで祖国の文化に秩序と再建への道を示し、この文庫を角川書店の栄ある事業として、今後永久に継続発展せしめ、学芸と教養との殿堂として大成せんことを期したい。多くの読書子の愛情ある忠言と支持とによって、この希望と抱負とを完遂せしめられんことを願う。

一九四九年五月三日

角川文庫ベストセラー

欲と収納　群　ようこ

欲に流されれば、物あふれる。とかく収納はままならない。母の大量の着物、捨てられないテーブルの脚に、すぐ落下するスポンジ入れ。家の中には「収まらない」ものばかり。整理整頓エッセイ。

無印良女（むじるしりょうひん）　群　ようこ

自分は絶対に正しいと信じている母。学校から帰宅しても体操着を着ている、高校の同級生。群さんの周りには、なぜだか奇妙で極端で、可笑しな人たちが集っている。鋭い観察眼と巧みな筆致、爆笑エッセイ集。

老いと収納　群　ようこ

マンションの修繕に伴い、不要品の整理を決めた。壊れた物干しやラジカセ、重すぎる掃除機。物のない暮らしには憧れる。でも「あったら便利」もやめられない。老いに向かう整理の日々を綴るエッセイ集！

うちのご近所さん　群　ようこ

「もう絶対にいやだ、家を出よう」。そう思いつつ実家に居着いたマサミ。事情通のヤマカワさん、嫌われ者のギンジロウ、白塗りのセンダさん。風変わりなご近所さんの30年をユーモラスに描く連作短篇集！

まあまあの日々　群　ようこ

もの忘れ、見間違い、体調不良……加齢はそこまでやってきているし、ちょっとした不満もあるけれど、なんとか「まあまあ」で暮らしていければいいじゃない。少し毒舌で、やっぱり爽快！な群流エッセイ集。